KB094931

탑 레시피가 보여!

탑 레시피가 보여! 2

레오퍼드 장편소설

초판 1쇄 찍은 날 § 2017년 3월 28일
초판 1쇄 펴낸 날 § 2017년 4월 4일

지은이 § 레오퍼드
펴낸이 § 서경석

편집책임 § 조현우
편집 § 이창진

펴낸곳 § 도서출판 청어람
등록번호 § 제387-1999-000006호
등록일자 § 1999. 5. 31
어람번호 § 제1-2660호

주소 § 경기도 부천시 부일로 483번길 40 서경B/D 3F (우) 14640
전화 § 032-656-4452 팩스 § 032-656-4453
http://www.chungeoram.com
Email § chungeorambook@daum.net

ⓒ 레오퍼드, 2017

ISBN 979-11-04-91245-0 04810
ISBN 979-11-04-91243-6 (세트)

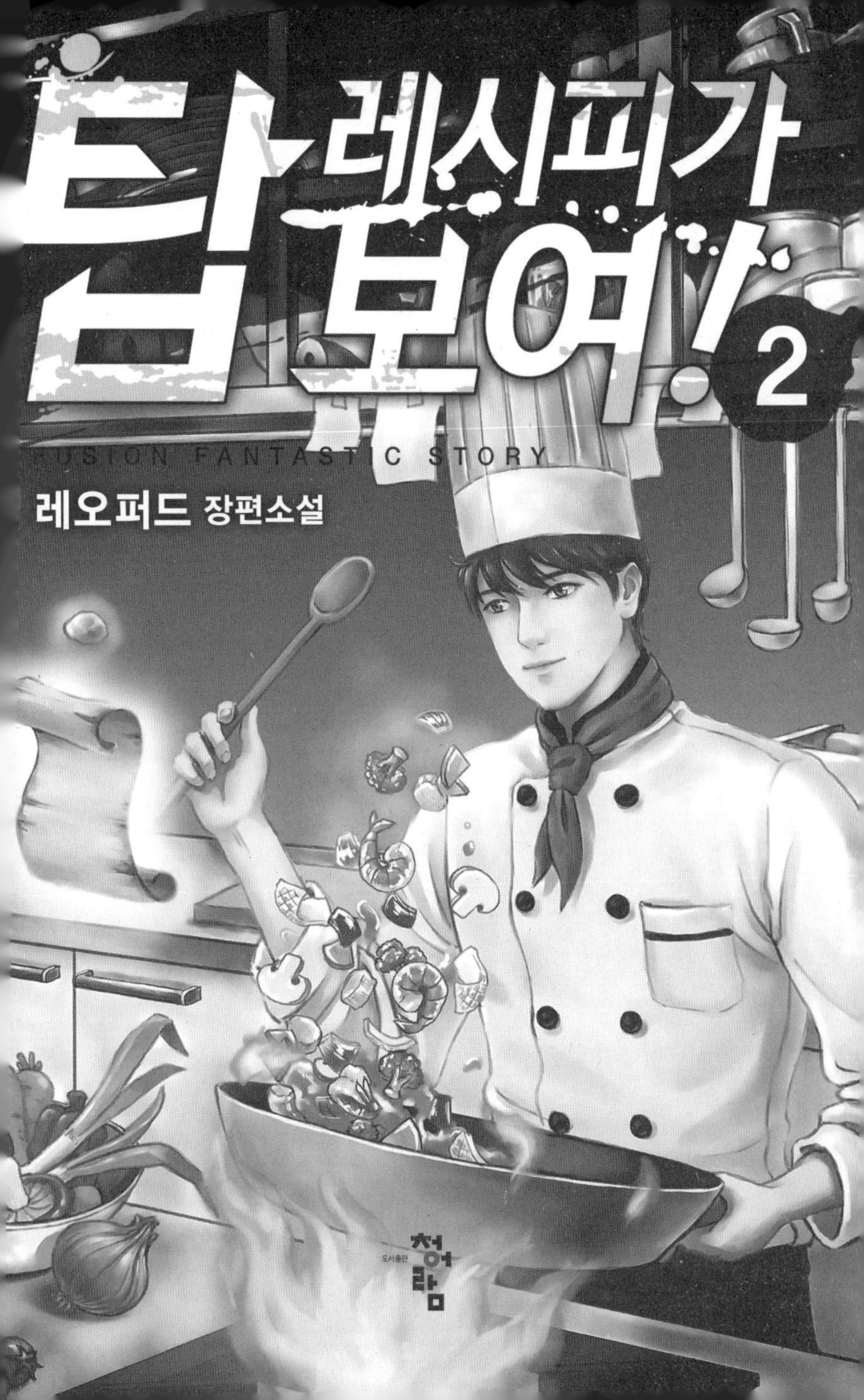
탑 레시피가 보여! 2
FUSION FANTASTIC STORY
레오퍼드 장편소설
도서출판 청어람

Contents

1. 지나가던 칼질 고수

"칼질 미션쇼요? 이번 올푸드 요리쇼에 그런 게 있어요?"

호검이 호기심에 눈을 반짝이며 민석에게 물었다.

"팸플릿에 보니까 그런 이벤트가 있더라고. 관람객이 직접 참여하는 거라고 나와 있던데."

"그건 어떤 식으로 진행되는 이벤트예요?"

"음, 작년엔 없던 이벤트라서 어떻게 진행되는지는 나도 잘 모르겠어. 팸플릿에도 자세히 설명이 나와 있지 않고. 근데 이 벤트 명칭이 '칼질 미션쇼'인 거 보면 칼질을 하는 어떤 미션을 주고 관람객들이 도전하는 게 아닐까?"

"아, 그렇겠네요."

호검은 어떤 칼질이든 자신 있기 때문에 기회가 되면 참가하는 것도 좋은 경험이 될 것이라고 생각했다.

"아무튼 시간 맞으면 한번 참가해 봐. 자, 그럼 오늘은 소스 이론 조금 배워볼까?"

"네."

민석은 일단 오늘 배울 소스 이론이 요약 정리되어 있는 프린트를 호검에게 건넸다. 호검은 프린트를 보면서 민석의 설명을 듣기 시작했다.

"소스(sauce)는 라틴어인 '살수스(salsus)'에서 온 말인데, 이건 '소금 친'이란 뜻이야. 소금이 모든 요리의 기본적인 양념이기 때문에 이 '살수스'라는 말이 변화해서 후에 맛을 더 좋게 하는 양념을 소스라고 부르게 된 거지."

호검은 고개를 끄덕이며 진중한 표정으로 민석의 설명을 주의 깊게 들었다.

"소스는 서양 요리에서 주 요리를 보조하는 역할을 하는데, 주 요리에 부족한 영양소, 맛, 색상을 모두 보완해 줄 수 있어. 예를 들어 주 요리에 다양한 영양소가 부족하면 영양이 풍부한 소스를 만드는 거야. 그리고 주 요리가 싱거운 거면 강한 맛을 내주는 소스를, 또 색상이 좋지 않으면 화려한 색상의 소스를 사용하는 거지."

"아, 그렇군요. 조화를 맞춰서 만들어야 하는군요."

호검은 설명하는 민석을 뚫어져라 바라보며 강의를 듣고 있었다. 그러자 민석이 의아한 표정으로 물었다.

"근데 호검아, 안 적어? 그 프린트에는 간단히 요약만 되어 있고 내가 설명하는 자세한 건 없을 텐데?"

"아, 전 필기를 하다 보면 다음 말을 잘 못 들어서요. 지금은 집중해서 듣고 집에 가서 적어놓을게요."

"오호, 내 설명을 다 기억할 수 있단 말이지? 그거 진짠지 다음에 시간 나면 한번 확인해 봐야겠는데? 아무튼 다시 수업으로 돌아와서, 음, 요리에 사용되는 소스를 분류하자면 전채 요리에 곁들이는 소스, 어패류에 곁들이는 소스, 육류에 곁들이는 소스, 샐러드에 곁들이는 소스, 디저트에 곁들이는 소스, 뭐 이런 식으로 나눌 수 있는데……."

민석의 소스 이론 수업은 약 한 시간 정도 이어졌고, 호검은 한 단어도 놓치지 않으려고 온 정신을 집중해 들었다.

그 주에는 민석이 꽤 시간이 있었기에 매일 일이 끝나면 호검에게 소스 강의를 해주었다.

수정은 호검이 매일 자기보다 늦게 퇴근하자 조금 이상하게 생각하는 것 같았다. 호검은 수정에게 뭐라고 말해야 할지 고민되었다.

'아, 이거 원장님이 나에게만 소스 강의를 해준다고 할 수도

없고, 근데 매일 남으니까 이상하게 생각하는 것 같은데 뭐라고 하지?'

다행히 아직까지는 수정이 꼬치꼬치 캐묻지 않아서 대충 넘어가고 있긴 한데, 혹시 수정이 궁금해서 몰래 다시 학원으로 돌아와 본다면 난감해질 수도 있었다.

호검은 괜히 거짓말을 하는 것 같아 하루하루 마음이 불편해져 가고 있는 와중에, 한 주는 순식간에 흘러 수정과 함께 올푸드 요리쇼를 보러 가는 토요일이 되었다.

수정과 호검은 버스 정류장에서 만나 함께 요리쇼가 펼쳐지는 박람회장으로 가기로 되어 있었다. 호검은 조금 일찍 약속 장소에 도착해서 수정을 기다리고 있었다.

"수정아! 여기!"

"어, 먼저 와 있었구나?"

호검이 수정을 발견하고 손을 흔들자, 수정도 밝게 웃으며 그에게 다가왔다. 오늘따라 수정의 표정이 더 밝아 보였는데, 아마도 요리쇼를 보러 가니 마음이 들떠서 그런 듯했다.

박람회장으로 버스를 타고 가면서 호검과 수정은 대화를 나눴다.

"수정아, 너 오늘 기분 정말 좋아 보인다."

"응, 너무 좋아. 정말 재밌을 거야. 참, 난 내일도 보러 갈 거야. 호호!"

"정말?"

"응, 이선우 요리쇼가 내일이잖아. 그건 봐야지."

"아하, 너 이선우 팬이구나?"

호검은 수정이 이선우 팬인 것 같아 보이자 자신도 모르게 못마땅한 표정을 지었다.

"아니, 하도 유명하기에 직접 한번 보고 싶어서. 다들 대단하다고 하니까."

"아, 그래?"

호검의 표정이 다시 밝아졌다. 이번엔 수정이 호검에게 물었다.

"있잖아, 근데 너… 일 끝나고 학원에서 뭐 해?"

드디어 올 것이 왔다. 호검은 난감한 표정으로 눈을 이리저리 굴리다가 일단 사실대로 털어놓는 게 나을 것 같단 생각이 들었다.

"으음, 실은 나 원장님께 소스 강의 들어."

"아, 어쩐지."

호검은 수정이 왜 자기는 안 가르쳐 주느냐고 화를 낼 줄 알았는데 담담히 대꾸하자 의아하면서도 뭔가 께름칙했다. 그래서 그는 추가 설명을 늘어놓기 시작했다.

"아, 그게 어떻게 된 거냐 하면… 내가 요리를 좀 빨리 배우고 싶어서 가르쳐 달라고 졸랐어."

"잘했네. 서양 요리에서는 소스가 중요하니까. 그래서 실습도 같이 하고 있어? 루는 만들어본 거야?"

루(Roux)는 서양 요리에서 소스를 만들 때 활용하는 대표적인 농후제로 팬에 버터와 밀가루를 1 대 1로 넣고 볶아낸 것을 말한다.

루는 화이트 루, 블론드 루, 브라운 루로 나뉘는데 볶는 정도에 따라 달라지는 색상으로 구분한다.

호검은 소스 강의에서 루에 대한 설명은 들었지만 아직 직접 실습해 보진 않은 상태였다.

"어? 아니, 아직. 설명은 들었어. 혹시 너도 그럼 원장님께 소스 강의 들었어?"

호검은 수정이 어느 정도 소스에 대해 알고 있는 것 같아 혹시 자기가 학원에 오기 전에 민석이 수정에게 이미 소스 강의를 해준 게 아닌가 싶었다.

"아니, 난 이전 학원에서 남 셰프님 소스 강의를 들었지. 여긴 소스 수업이 없지만 거긴 아예 소스 강좌가 개설되어 있거든."

다행이었다. 이미 수정은 소스 강의를 들은 터라 호검이 따로 원장님께 소스 강의를 듣는다는 사실에 별로 신경 쓰지 않는 듯했다.

이런저런 대화를 나누다 보니 어느새 버스가 올푸드 요리쇼 박람회장에 도착했다.

호검과 수정은 박람회장 입구에서 민석이 준 초대권을 개찰원에게 내밀었다.

남 셰프가 민석에게 보내준 초대권은 VIP초대권이었는데, 이 초대권을 가지고 있으면 박람회장에서 판매하고 있는 조리도구를 30% 싸게 살 수 있는 데다 요리쇼도 앞쪽에 마련된 VIP석에서 관람할 수 있었다.

개찰원은 초대권을 받고 호검과 수정에게 VIP라고 표시된 명찰을 목에 걸어주었다. 그리고 초대권과 함께 온 팸플릿 외에 행사의 다양한 요리쇼들에 대해 자세히 설명된 팸플릿 여러 개를 추가로 나눠 주었다.

"오늘은 일본요리쇼, 중화요리쇼, 서양요리쇼가 있구나. 서양요리쇼는 외국 셰프랑 콜라보 시연이라는데 재밌겠다. 음, 지금이 아홉 시 반이니까 일본요리쇼 하려면 한 시간 반 남았네. 그동안 여기 돌아보고 있으면 되겠다."

"응, 여기 보니까 아침에 브런치 시식 행사 있어. 나 아침 안 먹고 왔는데 배고프다. 우리 이거 먹으러 갈까?"

수정이 팸플릿 여러 개를 재빨리 훑어보더니 말했다. 그러자 옆에서 호검도 다른 시식 행사를 발견하고 물었다.

"쌀국수 시식 행사도 있는데? 어떤 거 가볼까?"

"둘 다."

"그럼 일단 브런치 시식부터. 가자. 브런치 먹으면서 다른 행사 뭐 있는지 좀 살펴보면 될 것 같아."

"오케이!"

올푸드 요리쇼가 열리는 박람회장에서 절반 정도는 시식 행사와 요리에 관련된 홍보 부스로 사용되고 있었다. 호검과 수정은 시식 행사가 진행되고 있는 부스로 향했다.

브런치를 무료로 제공하고 있는 업체는 프랜차이즈 브런치 카페인 〈브런치 브로〉였는데, 크레이프 요리와 아메리카노를 나눠 주고 있었다.

호검과 수정은 얼른 줄을 서서 크레이프를 받았는데, 호검은 베이컨 에그 크레이프를, 수정은 달콤한 과일 생크림 크레이프를 받았다.

베이컨 에그 크레이프는 둥근 크레이프 한가운데에 계란을 얹고 계란 주변으로 베이컨 네 개를 두른 후 크레이프 가장자리를 접어 정사각형 모양으로 만든 것이고, 과일 생크림 크레이프는 크레이프에 생크림과 딸기를 비롯한 여러 가지 과일을 넣고 아이스크림콘 모양으로 접은 것이었다.

호검과 수정은 각자 크레이프와 아메리카노를 가지고 옆에 마련된 테이블에 자리를 잡았다.

"역시 여자들은 달콤한 걸 좋아하는구나."

"역시 남자들은 고기를 좋아하고. 그치?"

"뭔가 이 정도는 돼야 든든하지 않겠어?"

호검은 자신의 베이컨 에그 크레이프를 들어 보이며 수정에게 말했다. 그러자 수정도 질 수 없다는 듯 자신의 과일 생크림 크레이프를 들어 보이며 활짝 웃었다.

"뭔가 이 정도는 돼야 행복하지 않겠어? 난 이렇게 단것 먹으면 행복해. 아, 맛있겠다!"

"하하하! 먹어보자."

수정은 행복한 듯 한입 가득 과일 생크림 크레이프를 베어 물었고, 호검도 자신의 크레이프를 먹기 시작했다.

"음, 이거 베이컨이랑 달걀에 부드러운 크레이프가 더해지니까 든든하면서도 맛있고, 아침 식사로 먹어도 좋겠다."

"뭐, 이 과일 생크림 크레이프는 클래식한 맛이네. 그리 특별한 건 없지만 익숙하면서도 맛있어. 여자들은 무조건 이거 좋아한다. 내가 장담해."

호검은 수정의 여자들이란 말에 갑자기 수정이 자신의 요리를 시식해 주면 좋을 것 같다는 생각이 들었다.

'그렇지. 음식은 미식가와 보편적인 남자의 입맛도 잡아야 하지만 이런 여자들의 입맛에도 맞아야 하는데. 흠, 나중에 수정이한테도 시식 좀 부탁해야겠다.'

자신이 맛을 보고 정국이 보편적인 남자 입맛으로, 수정은 보편적인 여자 입맛으로 평가해 준다면 완벽한 요리가 탄생할 수 있을 것이다. 이런 생각을 하며 크레이프를 먹고 있는데, 수정이 팸플릿 여러 개를 살펴보더니 말했다.

"오, 메인 요리쇼 말고도 볼거리 많은데? 이거 봐. 칵테일쇼랑 불쇼도 하고, 피자 도우 액션쇼, 데커레이션쇼도 있대."

"재밌는 거 많네. 데커레이션쇼면 요리 데코 말하는 건가?"

"접시에 소스로 그림 그리는 거랑 중화요리에서 칼로 모양 내는 뭐 그런 것들인가 봐. 여기 사진에 보면 수박 겉에 칼로 꽃 모양도 만들고 그랬네."

"아하, 역시 칼 솜씨는 중화요리에서 제일 많이 필요한 것 같아. 맞다. 원장님이 칼질 미션쇼인가 뭐 그런 것도 있댔는데."

"그거 여기 있어. 봐봐. 올해 처음 시도하는 관람객 참여 행사인가 봐."

수정이 칼질 미션쇼에 대한 설명이 나와 있는 팸플릿을 호검에게 건넸다.

"오늘 예심, 내일 결선?"

칼질 미션쇼 예심은 난타 공연에 이어 오늘 낮 1시 30분에 있을 예정이었다.

저난도 미션부터 시작해서 고난도 미션으로 점점 단계가 높아지는데, 도전자들에게는 단 한 번의 기회가 주어진다.

이렇게 단계별로 올라가다가 마지막에 남은 세 명의 참가자가 다음 날 결선을 치르는 식으로 진행된다고 설명되어 있었다.

"오, 이거 이번에 1등 하면 명예의 전당에 오르고, 내년에 여기 올푸드 요리쇼에서 단독 칼질쇼를 할 수 있대. 근데 난 기본적인 칼질만 할 수 있지 현란한 그런 건 못하는데, 넌 어때?"

"나? 뭐, 칼질 좀 하긴 하는데… 첫 번째 미션을 공개하고 도전하고 싶은 사람은 즉석에서 참가 신청을 하면 된다니까 저난도 미션을 보고 할 만하면 한번 참가해 볼까?"

"이런 것도 다 경험인데 해봐. 칼질 잘하는 거 보면 너무 멋있더라. 부럽기도 하고. 이거 구경하는 것만으로도 되게 재밌겠다!"

수정은 벌써 기대가 되는지 손뼉을 치며 좋아했다. 호검은 수정이 칼질 잘하는 거 보면 멋있다는 말에 은근한 미소를 지었다.

호검과 수정은 브런치도 먹고 쌀국수까지 시식한 후 주변을 구경하다가 11시엔 일본요리쇼를 맨 앞 VIP석에서 관람했다. 그리고 일본요리쇼가 끝난 후에는 곧바로 칼질 미션쇼가 치러지는 행사장으로 향했다.

칼질 미션쇼장에는 벌써 많은 사람들이 와 있었는데, VIP인 호검과 수정은 이번에도 역시 앞자리에 앉을 수 있었다.

1시 30분이 되자 행사 진행자가 무대 위로 올라왔다.

＊　　　＊　　　＊

무대 위 긴 테이블에는 커다란 도마 다섯 개가 줄지어 놓여 있었다. 그리고 한쪽에 여러 종류의 칼이 각각 다섯 개씩 가지런히 놓여 있다. 호검은 다양한 칼들을 보니 저절로 손이 근질근질해져서 손가락을 흔들며 말했다.

"와, 칼들 좀 봐."

칼은 셰프나이프, 샤또나이프(카빙나이프), 회칼, 중식칼, 이렇게 네 가지 종류가 준비되어 있었는데 무대의 조명을 받아 눈부시게 빛나고 있었다. 칼들을 본 수정이 칼질 미션에 대해 추측해 보기 시작했다.

"저기 카빙나이프가 있는 걸로 봐서는 분명히 야채에 모양 내는 미션이 있을 것 같아. 다른 칼들도 미션에서 필요하니까 가져다 놓은 걸까?"

"음, 한식, 중식 일식 등 다양한 요리사들이 참가할 수도 있으니까 자기가 편한 칼을 사용하라고 다 준비해 둔 게 아닐까?"

"그럴 수도 있겠다."

"근데 어떤 미션으로 시작하려나?"

"그러게. 뭐 하나 쉬운 게 없을 것 같은데……. 오, 시작하려나 봐."

진행자가 마이크를 들자 수정이 호검에게 낮은 목소리로 속삭였다.

진행자는 헛기침을 하며 목을 가다듬더니 활짝 웃는 표정으로 인사를 했다.

"안녕하십니까! 올푸드 요리쇼를 찾아주신 여러분께 감사드립니다. 난타 공연은 재밌게 보셨나요?"

진행자는 좀 전에 이곳에서 펼쳐진 난타 공연에 대해 관람객들에게 물었다.

난타 공연은 조리복을 맞춰 입은 공연단원들이 도마와 칼등 요리 도구들을 사용해서 공연을 했는데, 호검과 수정은 다른 것들을 구경하느라 난타 공연을 보지 못했다.

하지만 미리 와서 있던 사람들은 난타 공연이 재미있었다며 진행자의 물음에 이구동성으로 긍정적인 대답을 했다.

"네, 재미있었어요!"

"저도 난타 공연에 참여하고 싶었는데 이렇게 바로 진행을 해야 하는 관계로 못 해서 아쉽네요. 막 두드리는 게 희열이 느껴지는데 말이죠. 아, 직접 두드리지 않아도 그 소리와 모습을 보는 것만으로도 희열이 느껴지시지 않던가요, 여러분?"

"맞아요!"

"그렇습니다! 현란한 손놀림과 경쾌한 소리, 정말 멋지죠! 그런데 난타 공연에서는 그저 소리와 모습만 보여 드렸다면 곧 진행될 칼질 미션쇼에서는 동작만이 아니라 직접 식재료를 썰고 두드리는 요리사들의 멋진 모습을 확인하실 수 있답니다!"

진행자가 여기까지 말하자 관람객들은 기대가 된다는 듯 환호하며 박수를 쳤다. 사람들의 환호에 진행자가 뿌듯한 표정을 지으며 말을 이었다.

"올해 올푸드 요리쇼는 굉장히 오래전부터 기획해서 알차게 꾸몄는데요, 여러 가지 볼거리 중에서도 바로 지금 여러분이 직접 참여할 수 있는 이 칼질 미션쇼는 정말 야심차게 준비한 이벤트입니다. 자, 그럼 일단 여러분이 가장 궁금해하시는 상품부터 공개하도록 하겠습니다!"

진행자는 먼저 트로피부터 공개했다. 그는 파란색 트로피 상자를 열어 관람객들에게 들어 보였다.

"우승자에게는 이 중식도 모양의 순금 트로피를 드립니다! 이 칼날 부분이 순금이랍니다!"

"와아!"

사람들은 중식도와 거의 흡사한 모양의 멋진 트로피에 한 번 감탄하고, 순금이라는 말에 두 번 감탄했다.

트로피의 금색 칼날 부분에는 '2006 칼질의 달인 우승'이라는 글자가 음각되어 있었다.

"멋있다! 그치? 중식도 트로피라니!"

수정은 중식도 트로피에서 눈을 떼지 못한 채 말했고, 호검은 저 멋진 트로피를 들고 있는 자신의 모습을 상상해 보며 미소를 지었다.

'그래, 한번 해보는 거야. 나도 칼질 고수라는 소리 좀 들었다고!'

진행자는 이어서 우승 트로피보다 크기가 조금 작은 트로피 두 개를 더 들어 보이며 준우승자와 3등에게 주어지는 트로피라고 소개했다.

그런데 그때, 선글라스를 쓰고 검정 양복을 빼입은 건장한 남자 요원 두 명이 양손에 007가방을 들고 나타났다.

그들은 마치 영화 〈맨인블랙〉에 나오는 두 주인공처럼 보였는데, 그들은 무표정으로 무대에 올라 진행자의 양쪽에 우두커니 섰다.

"뭐지? 무슨 일이지?"

"저 사람들은 누구야?"

관람객들은 무슨 일인가 싶어 웅성거리며 그들을 주시했다.

"뭐, 뭡니까?"

진행자는 놀라서 양쪽의 남자들을 번갈아 쳐다보며 당황한 듯 물었다. 그런데 남자 요원 둘은 아무 대꾸도 없이 왼손에 들고 있던 007가방은 내려놓고 각자 오른손에 들고 있던 007가방을 들어 올려 재빨리 관람객들을 향해 열어 보였다.

그리고 동시에 진행자가 마이크에 대고 큰 소리로 외쳤다.

"자, 여러분! 우승자에게는 트로피 말고도 부상으로 조리 도구와 최고급 칼 세트를 드립니다! 물론 이 가방까지 함께 드립니다!"

두 진행 요원이 펼쳐 보인 007가방처럼 생긴 알루미늄 가방은 하나는 약간 기다란 형태로 칼 세트가 차곡차곡 들어 있고, 다른 하나는 거의 정사각형에 가까운 직사각형 형태로 조리 도구가 가득 담겨 있었다.

칼 세트는 호검이 가진 칼 세트와 구성이 거의 비슷했고, 조리 도구는 실리콘 주걱, 나무 주걱, 다용도 칼, 계량컵, 계량스푼, 전자저울, 집게 등등 아주 알차게 담겨 있었다.

"그럼 순금 트로피에 저 풀 세팅된 007가방 두 개까지 다 준다는 거야? 와, 대박!"

"와! 탐난다!"

"멋있다!"

관람객들은 탄성을 지르며 좋아했고, 수정도 갖고 싶은지 가방이 멋있다며 중얼거렸다.

호검은 가죽 칼 가방을 가지고 있긴 하지만 007가방도 멋져 보이고 조리 도구 세트는 없는지라 탐이 났다.

"준우승자에게는 이쪽 최고급 칼 세트 가방을 드리고요, 3등에게는 이쪽 조리 도구 세트를 부상으로 드립니다."

진행자는 설명을 마치더니 두 남자 요원에게 손짓했다. 그러자 그들은 무표정으로 가방을 탁 닫더니 가방을 트로피가 놓인 테이블 옆에 내려놓고 어디론가 사라졌다.

"큭. 저 사람들 웃기다. 그치?"

"그러게. 자기들이 하면서도 웃길 것 같은데 어떻게 저렇게 무표정이지?"

수정과 호검은 서로 재밌다는 듯 속닥였고, 진행자가 다시 말을 이었다.

"아! 우승자에게는 더 좋은 혜택이 기다리고 있습니다! 그건 바로 올푸드 요리쇼 명예의 전당에 칼질 미션쇼 제1회 우승자로 등재되어 내년 올푸드 요리쇼에서 단독으로 칼질쇼를 할 수 있다는 것이죠!"

"오!"

관람객들의 낮은 탄성 소리가 들려왔다.

올푸드 요리쇼는 점점 규모도 커지고 찾는 사람들도 많아진 만큼 여기서 단독 칼질쇼를 할 수 있다면 금방 유명해질 수 있을 것이다.

수정과 호검도 서로를 쳐다보며 엄청 좋은 기회라는 듯 고개를 끄덕였다. 수정이 호검을 쿡 찌르며 말했다.

"나가봐. 나갈 거지?"

"응. 밑져야 본전인데 나가봐야지!"

말은 밑져야 본전이라고 했지만 호검은 이왕 나가는 것 순위권에 들어야 한다고 생각했다. 상품과 혜택도 욕심났지만 무엇보다 승부욕에 불타올랐다. 그도 한 칼질 한다고 인정받던 사람이다.

"마지막으로 결선에 오르지 못한 참가자들에게는 추첨을 통해서 채칼 세트, 믹서기, 냄비 등을 나눠 드립니다. 자, 그럼 상품 설명은 이 정도로 마치고 본격적으로 대회를 시작해 볼까요? 아아, 심사 위원 소개를 깜빡했네요. 심사 위원은……."

진행자는 심사 위원 세 명의 소개를 마치자마자 곧바로 외쳤다.

"이제 정말 시작하겠습니다! 첫 번째 미션, 지금 바로 공개합니다!"

2. 세 가지 칼질 미션I

　진행자의 외침과 동시에 갑자기 행사장 불이 꺼졌고, 무대 앞쪽 벽 스크린에 짧은 영상 하나가 상영되기 시작했다. '1차 미션'이라는 글자로 시작한 영상에서는 여러 요리사의 채 써는 손이 이어져 나왔다.

　"역시 채썰기야."

　수정이 호검에게 속삭였다. 약 1분가량의 짧은 영상이 끝나자 다시 불이 켜졌고, 그사이 진행 요원들이 다섯 개의 도마가 놓인 테이블 위에 채 썰 채소 세 가지를 준비해 놓았다.

　"자, 첫 번째 미션! 바로 채썰기입니다! 균일하고 가는 채를 썰어주시면 되는데요, 여기 준비된 오이, 무, 양배추를 채로 썰어주시면 됩니다. 물론 시간제한이 있습니다. 첫 번째 미션은 시간을 넘기면 무조건 탈락입니다. 제한 시간은 2분! 그래도 첫 번째 미션이니 여유 있게 드렸습니다. 하하! 참가하실 분들은 지금 이쪽으로 와서 줄을 서주세요!"

진행자의 말이 끝나기가 무섭게 첫 미션이 쉬워 보였는지, 아니면 상품이 탐이 났는지 많은 사람이 우르르 몰려가 줄이 서기 시작했다.

수정은 할까 말까 망설이다가 그냥 구경만 하기로 했고, 호검은 얼른 뛰어가서 줄을 섰다. 진행 요원들은 줄을 선 사람들의 가슴팍에 번호 스티커를 붙여주었다. 호검은 24번 스티커를 받았다.

"오, 많이들 참가하시는군요! 좋습니다! 시간 관계상 한 분 한 분 인터뷰를 할 수 없는 점 양해 부탁드리고요, 이따가 2차 미션까지 통과하신 분들만 간단히 자기소개할 시간을 드리겠습니다. 칼은 이 앞에 여러 가지 칼 중에서 가장 편한 칼을 선택해서 사용하시면 됩니다. 자, 그럼 첫 번째 그룹부터 시작하겠습니다. 1번부터 5번까지 무대 위로 올라와 주세요!"

도마와 칼이 다섯 개씩 준비되어 있으니 다섯 명씩 나와서 동시에 채썰기를 하면 되었다.

먼저 무대에 오른 참가자들은 자신이 쓰고 싶은 칼을 골라 들고 각자의 도마 앞에 섰다. 도마 앞에는 오이 3분의 1개, 무 3분의 1개, 양배추 4분의 1개가 놓여 있었다.

참가자들은 관람객들을 향해 서 있었는데, 그들 뒤편의 스크린 위쪽에 초시계가 나타났다. 그리고 진행자가 입을 열었다.

"자, 준비되셨습니까?"

진행자의 물음에 첫 번째 그룹 다섯 명의 참가자가 고개를 끄덕였다.

"제한 시간은 2분입니다. 2분을 넘기면 무조건 탈락입니다. 그럼 시작!"

진행자의 시작 구호와 동시에 스크린 위쪽 초시계가 돌아가기 시작했고, 참가자들은 얼른 채소들을 가져와 채를 썰기 시작했다.

탁탁탁탁탁.

고요한 가운데 참가자들의 칼질 소리만이 행사장에 울려 퍼졌다.

각각의 도마에는 카메라가 설치되어 있어서 도마 위에서 펼쳐지는 칼질 영상 다섯 개가 초시계 아래 스크린에 실시간으로 보이고 있었다.

호검은 줄 선 사람들과 한쪽에 모여 스크린의 실시간 영상을 보고 있었는데, 아무래도 첫 그룹이라 긴장해서 그런지 다들 그리 손이 빠르지 않아 보였다. 특히 젊은 청년으로 보이는 2번 참가자는 손을 부들부들 떨고 있어서 혹시 다치지 않을까 걱정될 정도였다.

'경험 삼아 출전했나 보네. 나도 저럴 때가 있었는데……. 베기도 많이 베였지.'

호검은 자신이 처음 칼을 잡은 중3 때가 생각났다. 무작정 칼질 연습하겠다고 하다가 손도 많이 베였는데, 어느 날 자신의 열정에 감동한 양아버지가 칼질하는 법을 가르쳐 주었었다.

다행히 2번 참가자는 어느 정도 기본 칼질 자세는 갖추고 있었기에 베이진 않았는데 문제는 제한 시간이었다.

"자, 10초 전! 10, 9, 8, 7, 6, 5, 4, 3, 2, 1! 모두 칼을 내려놔 주세요!"

2분의 시간이 금방 지나 진행자가 스톱을 외쳤다. 심사 위원들은 일단 시간 내에 채를 다 썬 참가자들의 완성된 채를 보고 고르게 채가 썰렸으면 통과 표시를 했다. 첫 번째 그룹에서 통과한 사람은 두 명이었다.

이어 2번째, 3번째 그룹의 채썰기도 이어졌는데, 3번째 그룹의 채썰기는 흥미진진했다. 대부분의 참가자가 오이를 그냥 그대로 슬라이스해서 채를 썰었는데, 3번째 그룹의 12번 참가자는 오이를 돌려 깎듯이 깎아 채를 썰었다.

"저러면 시간 더 걸리는 거 아닌가?"

"그래도 손은 빠른데?"

그런데 3번째 그룹에서 가장 눈길을 끈 사람은 바로 13번 참가자였다.

"13번 저 사람 좀 봐!"

관람객들은 13번 참가자의 손놀림에 다들 깜짝 놀랐다. 범상치 않은 외모에 날카로운 눈빛을 가진 남자였는데, 그가 회칼로 오이채를 써는 모습에 사람들은 탄성을 터뜨렸다. 채 써는 방법이 다른 참가자들과 달랐다.

맨 앞자리에 앉아 보고 있던 수정도 입이 쩍 벌어졌고, 호검 역시 눈이 휘둥그레졌다.

'저 정도 실력이면 분명히 요리사야. 게다가 회칼을 저리 잘 다루는 걸 보면 일식 요리사인가 보다.'

진행자도 아예 마이크에 대고 감탄사를 연발하고 있었다.

"와, 13번 참가자, 칼이 안 보이는데요! 지금 자르긴 자른 건가요?"

*   *   *

3번째 그룹의 제한 시간이 끝나고, 당연히 13번 참가자는 가볍게 채썰기 미션을 통과했다. 그런데 진행자가 무대를 내려가려는 13번 참가자를 다시 불러 세웠다.

"13번 참가자! 아까 오이 채 썰던 거 그거 좀 다시 한 번 보여주시죠!"

진행자가 제안하자, 관람객들도 환호하며 동조했다.

"너무 빨라서 제대로 못 봤어요!"

"보여줘! 보여줘!"

그러자 13번 참가자는 날카롭던 인상을 잠시 부드럽게 펴며 대답했다.

"아, 그럴까요?"

13번 참가자는 다시 자리로 돌아와 회칼을 집어 들었고, 진행 요원들은 그에게 오이 3분의 1개를 다시 가져다주었다.

그는 먼저 오이를 절반으로 잘라 바닥 면이 평평해지게 놓은 다음, 왼손 엄지손가락만으로 오이를 살짝 누르듯 잡았다.

이어 그는 오른손에 쥔 회칼을 도마와 수직이 되게 든 것이 아니라 수평이 되게 든 상태에서 멀리 팔을 펼치고 잠시 멈칫했다. 그러더니 옅은 미소를 지으며 관람객들을 한번 힐끗 쳐다보았다.

관람객들은 다시 한 번 그의 채썰기를 보려고 그에게서 눈을 떼지 않고 있다가 그가 힐끗 쳐다보자 환호와 기대의 박수를 보냈다.

그러자 곧바로 13번 참가자는 마치 자동차 유리창의 와이

펴가 움직이는 것처럼 회칼의 뾰족한 끝이 오이 안을 휙휙 들어갔다 나왔다 하게 칼을 휘둘렀다.

워낙 칼이 빨리 움직여서 오이가 잘린 건지 안 잘린 건지 육안으로 확인할 수가 없었는데, 몇 번 이렇게 회칼을 휘두른 그는 이어서 칼을 도마와 수직으로 내리면서 다시 재빨리 칼질을 했다. 그리고 그가 수직으로 칼질을 할 때마다 도마 위에는 오이채가 후두둑 떨어졌다.

그제야 사람들은 그가 처음에 회칼을 수평으로 재빨리 움직인 것이 오이를 슬라이스로 썬 것이 확실하다는 사실을 확인할 수 있었다.

"이야, 보고도 못 믿겠네!"

"손이 정말 빨라!"

"아, 근데 잘못해서 저 날카로운 회칼 끝으로 베이기라도 하면, 으으."

단 10초 만에 끝난 그의 오이채썰기에 관람객들은 환호성을 지르며 박수를 아끼지 않았다.

호검도 그의 솜씨가 대단하다는 것을 느끼고 살짝 긴장했다.

'와, 이거 정말 강력한 우승 후보 등장인데?'

호검의 속마음을 읽기라도 한 듯 진행자가 감탄을 하며 입을 열었다.

"캬! 대단합니다! 칼질 보는 우리가 다 손에 땀이 나네요. 그럼 이따 두 번째 미션에서 다시 뵙겠습니다! 자, 여러분, 강력한 우승 후보, 13번 참가자였습니다!"

관람객들의 우레와 같은 박수가 쏟아졌고, 13번 참가자는 허리 숙여 인사한 후 무대에서 내려갔다.

"자, 다음은 4그룹 16번부터 20번 참가자까지 나와주세요!"

4그룹은 대부분이 요리사가 아닌 일반인 참가자인 듯했다. 그래서 그런지 아무도 미션을 통과하지 못했다.

다섯 명 중에 세 명은 시간 초과였고, 나머지 두 명은 채가 엉망진창이었기 때문이다. 특히 양배추 채는 굵기도 굵고 균일하지도 않았다.

관람객들은 아쉬워하는 4그룹 참가자들에게 격려의 박수를 보내주었다.

그리고 드디어 호검이 속한 5그룹의 순서가 되었다. 호검은 어떤 칼을 고를까 잠시 고민했다.

'중식칼이 면적이 넓고 네모나기 때문에 채 썰 땐 더 좋을 수 있긴 한데,'

하지만 지금까지 그가 칼질에 주로 사용했던 칼은 셰프나이프였다. 중식칼도 집에서 조금 사용해 보긴 했었지만 아무래도 익숙한 칼이 더 나을 것 같았다. 호검은 결국 셰프나이프를 집어 들었다.

5그룹의 23번 참가자는 몸이 탄탄해 보이는 울룩불룩한 근육질의 남자였는데, 그는 중식칼을 선택했다. 그는 중식칼을 들고 여유롭게 걸어와 자신의 도마 앞에 자리를 잡더니 칼질하는 시늉을 해 보이며 쇼맨십을 발휘했다. 그러자 관람객들은 환호하며 좋아했고, 진행자도 그를 주시하며 말을 던졌다.

"오, 23번 참가자는 느낌이 딱 중화요리사 같은데요! 맞죠?"

진행자의 물음에 23번 참가자는 중식칼을 흔들어 보이며 고개를 끄덕였다.

호검은 이번 미션은 제한 시간과의 싸움일 뿐 다른 요리사들은 신경 쓸 필요가 없다고 판단했기에 그저 담담하게 서 있었다. 그러다 바로 앞에 앉은 수정이 주먹을 쥐는 것을 발견했다.

그녀는 호검에게 주먹을 쥐어 보이며 입모양으로 '파이팅'이라고 외쳤다. 호검은 살짝 입꼬리를 올리며 그녀에게 눈을 찡긋해 보였다.

"자, 기대가 되는 5그룹입니다! 그럼 시작해 볼까요? 시작!"

진행자의 말이 떨어지자, 초시계의 시간이 흘러가기 시작했고, 참가자들은 손을 빠르게 움직였다.

가장 먼저 참가자들은 오이를 집어 들었다.

역시 23번 중화요리사의 칼에 관람객들의 이목이 집중되었다. 그런데 그는 의외로 오이는 느릿느릿 채를 썰고 있었다. 그의 손이 워낙 커다래서 그의 손에 잡힌 오이 3분의 1개는 마치 장난감 같았는데, 그래서 그는 작은 식재료를 채 썰 때 일부러 조심하는 듯했다.

바로 옆에서 채썰기를 시작한 호검은 먼저 오이의 밑면을 살짝 잘라 오이가 굴러다니지 않고 잘 고정되도록 했다. 그는 오이를 긴 방향으로 먼저 슬라이스했다. 그리고 슬라이스한 오이들이 서로 조금씩 겹쳐지게 한 상태로 옆으로 눕혀 채를 썰기 시작했다.

호검은 이 동작들을 해내는 동안 오이가 그의 왼손에 붙어 있는 듯 획획 재빨리 움직였는데, 그의 손놀림은 마치 마술사의 손놀림 같았다.

관람객들은 처음에 23번 중화요리사에게 기대를 걸었다가 그가 오이 채썰기에서 속도를 내지 않자, 바로 옆의 호검에게 눈길을 돌리기 시작했다.

"와, 24번 저 사람, 오이가 손에 붙어 있는 것 같아!"

"채 써는 것도 정말 빠른데?"

수정은 사람들의 반응에 자신이 더 신이 났는지 활짝 웃었다. 사실 수정도 호검이 이렇게 빨리 칼질을 하는 건 처음 보는 것이라 속으로 놀라워하고 있었다.

'칼질 정말 잘하네. 숨은 칼질 능력자였어! 근데 그럼 뛰어

난 칼 솜씨에, 오감도 뛰어나고, 이거 너무 완벽하잖아?!'

수정이 감탄하는 사이 호검은 벌써 다음 채썰기에 들어갔다. 오이에 이어 무도 그의 왼손에 달라붙은 듯 그가 원하는 위치로 휙휙 자리를 잡았다. 물론 그의 오른손에 들린 셰프나이프의 놀림도 심상치 않았다. 칼이 도마에 부딪히며 나는 일정한 소리로 관람객들은 정확하고 빠르게 칼질이 이루어지고 있다는 것을 알 수 있었다.

오이에서 조금 느렸던 23번 참가자도 무 채썰기에 들어가서는 속도를 내기 시작했다. 무는 크기가 어느 정도 되니 그의 큰 손이 채썰기에도 문제가 없었던 것이다.

탁탁탁탁탁.

타다다다닥.

호검과 23번 참가자는 서로 경쟁하듯 칼질 소리를 냈고, 진행자는 신이 나서 몸을 흔들며 말했다.

"오! 이거 아까 난타 공연을 다시 보는 것 같은데요? 23번과 24번의 환상의 콜라보입니다!"

관람객들도 흥미진진하게 그들을 바라보았다.

"누가 먼저 끝낼까?"

"지금은 24번이 약간 앞서고 있는데, 아무래도 저 중식칼을 못 당할걸?"

"근데 24번이 손은 더 빠른 것 같은데?"

"어? 아닌가? 23번 벌써 24번을 거의 다 따라잡았는데?"

관람객들의 기대 속에 드디어 호검과 23번 두 사람은 동시에 양배추 채썰기에 돌입했다. 역시 23번이 선택한 중식칼은 양배추를 단칼에 채 써는 데 굉장히 유용했다. 23번 참가자는 거침없는 칼질로 순식간에 양배추을 썰어나갔다.

"역시! 중식칼이!"

"엇! 아니!"

역시 중식칼이라며 중얼거리던 관람객들은 호검의 칼질에 입을 다물지 못했다. 호검은 셰프나이프를 중식칼처럼 사용하고 있었다. 그는 평소 칼질할 때보다 칼을 더 높이 들어 올렸다가 순간적이고 강한 힘으로 양배추에 수직으로 내리꽂으니 단칼에 양배추가 얇게 잘렸다. 그리고 호검은 이 칼질을 엄청난 집중력으로 빠르게 해나갔다.

곧 호검이 간발의 차이로 먼저 양배추 채썰기까지 완수하고 칼을 내려놓았다. 23번 참가자도 잠시 후 중식칼을 내려놓더니 무슨 저런 괴물이 있나 하는 표정으로 호검을 쳐다보았다.

"와! 대박!"

"멋있다!"

23번 참가자와 호검의 채썰기가 모두 완료되자, 관람객들은 박수를 치며 크게 환호를 보냈다.

물론 제한 시간을 한참 남기고 있었기에 여전히 초시계의 시간은 가고 있었고, 나머지 세 명의 참가자들은 아직 채를 썰고 있었다.

"아직 시간이 많이 남았는데 벌써 참가자 두 분은 미션을 완료하셨네요! 대단합니다! 남은 참가자분들은 저 두 분은 신경 쓰지 마시고 자신의 채썰기에 집중해 주세요. 저분들은 분명히 경력이 오래된 요리사님들인 것 같으니까요. 하하."

잠시 후, 2분의 제한 시간이 끝이 났고, 심사 위원들이 채의 기본적인 상태를 확인하기 위해 그들의 도마로 왔다. 21번 참가자가 통과, 22번 참가자는 탈락을 했고, 23번 참가자가 채 썬 채소를 본 심사 위원 두 명은 이 정도면 상태가 양호하다는 듯 고개를 끄덕였다. 그런데 마지막 한 심사 위원이 무채를 자꾸만 들어보며 망설였다. 그러자 진행자가 물었다.

"이승희 심사 위원님, 23번 참가자의 무채를 자꾸 보시는데, 왜 그러시죠?"

"다른 채소는 괜찮은데, 무채가 좀 굵게 썰어져서 애매하네요."

23번 참가자는 호검의 속도를 따라잡으려고 무채를 조금 굵게 썰었던 것이다. 호검은 23번 참가자가 어떻게 자신을 따라잡았는지 의아했었는데, 그 이유를 알고 조금 안심했다.

이승희 심사 위원은 바로 옆에 있는 호검의 무채를 들어 보이며 이어 말했다.

"이 정도로 얇아야 하거든요. 24번 참가자 채가 아주 적당하고 균일하네요. 완벽해요! 일단 24번 참가자는."

이승희 심사 위원이 다른 두 심사 위원들을 번갈아 쳐다보자, 둘은 고개를 끄덕이며 동조의 뜻을 밝혔다.

"통과입니다!"

"와! 그럼 그렇지!"

관람객들은 호검의 통과를 축하해 주며 박수를 쳤다. 그중에서도 수정이 가장 열렬한 박수를 보내주었고, 호검은 그녀와 눈을 맞추고 웃어 보였다.

"아, 그런데, 23번 참가자는 어쩐다……."

이승희 심사 위원이 자꾸 망설이자 23번 참가자의 얼굴빛이 안 좋아졌다. 그런데 나머지 두 심사 위원들이 이 정도면 통과를 주는 게 맞다고 이승희를 설득했다. 다른 채들은 매우 뛰어난데 단지 무채만 조금 굵을 뿐이라고 말이다. 결국 이승희는 나머지 심사 위원들의 뜻에 따라 23번 참가자에게 통과를 주었다.

23번 참가자는 그제야 표정을 풀고 좋아했고, 관람객들도 축하의 박수를 보내주었다.

그 후로 몇 그룹 더 칼질 미션을 수행했고, 총 열여섯 명이 첫 번째 미션을 통과해 두 번째 미션 과제를 받았다. 물론 참가자들 중에 가장 유력한 우승 후보로 거론되는 사람들은 딱 세 명이 있었다.

"누가 우승할 것 같아?"

"음, 난 그 회칼로 슉슉 했던 일식요리사!"

"난 그 일반 부엌칼로 중식칼 못지않은 파워를 보여줬던 그 사람!"

"오, 그 사람 옆에 있던 중식요리사도 잘하던데!"

"그럼 한, 중, 일 요리사들의 대결이 되는 건가? 점점 더 흥미진진해지는데?"

"다음 미션은 뭐지?"

관람객들이 예상하는 우승 후보는 13번 일식요리사, 23번 중식요리사, 그리고 24번 호검이었다. 관람객들은 얼른 다음 미션을 보고 싶어 했고, 진행자도 빠르게 다음 미션으로 넘어 갔다.

"자, 그럼 이제 두 번째 미션 과제 확인해 볼까요?"

진행자가 큰 소리로 외치자, 아까 그 선글라스를 쓰고 검은 양복을 빼입은 무표정한 남자 둘이 각각 식당에서 서빙하는 카트 하나씩을 밀고 들어왔다. 그 위에는 은색 푸드 커버가 덮인 커다란 접시가 올려져 있었다.

"뭐지, 뭐지?"

관람객들은 푸드 커버 안에 무엇이 들어 있는지 궁금한 듯 고개를 빼고 그들을 쳐다보았고, 진행자는 다시 외쳤다.

"두 번째 미션 과제 바로 공개하겠습니다. 두 번째 미션 과제는 바로 이것입니다!"

진행자의 말이 끝남과 동시에 검은 양복의 두 남자가 동시에 은색 푸드 커버를 들어올렸다.

3. 세 가지 칼질 미션II

　은색 푸드 커버를 들자, 여기저기서 관람객들의 웃음소리와 박수 소리가 들려왔다.

　"푸흡!"

　그 안에는 작고 둥근 그릇 안에 뽀얀 살결의 생닭이 꼿꼿이 세워져 있었다. 그 모습이 마치 생닭이 앉아 있는 것 같아 사람들은 웃음이 터진 것이다.

　"생닭?"

　"앉아 있네, 생닭이! 하하."

　"저거 살 바르라는 건가?"

"아, 닭 보니까 치킨 먹고 싶다……."

하지만 참가자들 중 몇몇은 웃음이 터지기보다는 얼굴색이 안 좋아졌다.

관람객들의 웃음소리와 웅성거림이 잦아들자, 진행자도 미소를 띤 채 큰 소리로 외쳤다.

"자, 두 번째 미션은 바로 생닭 해체입니다! 생닭을 부위별로, 즉 다리, 날개, 봉, 뼈, 가슴살 로 해체하시면 되겠습니다. 닭은 딱 한 마리씩만 제공해 드리니 혹시 실수를 하시더라도 추가 기회는 없습니다. 실수 없이 단 한 번에 해체해 주시기 바랍니다."

진행자의 설명이 끝나자, 검은 양복의 두 남자는 다시 식당에서 서빙하는 카트를 밀며 사라졌고, 이번엔 진행 요원들이 생닭 16마리를 가지고 나와, 먼저 도마 5개 위에 1그룹을 위한 생닭 한 마리씩을 올려놓았다. 그리고 뒤쪽 스크린 위에는 다시 초시계가 떴는데, 초시계는 3분에 맞춰져 있었다.

"자, 제한 시간은 3분입니다. 1그룹과 2그룹은 다섯 명씩, 마지막 3그룹은 나머지 여섯 명이 하는 걸로 하겠습니다. 그럼 1그룹부터 무대로 올라와 주세요!"

무대 위에 1그룹이 올라오자, 관람객들은 열성적인 박수를 보내주었고, 곧 진행자의 신호로 생닭 해체가 시작되었다. 참가자들은 각자 자신이 잘 사용할 수 있는 칼을 들고 생닭을 해체 했는데, 1그룹에서 눈에 띈 참가자는 4번 참가자였다.

"오! 4번 참가자, 전 카빙나이프로 생닭을 해체하는 건 처음 보는데요! 여성분이라 그런지 섬세하게, 마치 카빙을 하듯이 생닭을 해체하고 있습니다! 대단하네요!"

그녀는 진행자의 말대로 카빙나이프로 생닭을 해체하고 있었다. 그녀의 카빙나이프가 닭의 다리 부위 근처를 부드럽게 지나자 다리가 탁 분리되어 나오고, 날개 근처를 지나자 날개가 톡 분리되어 나왔다. 그리고 닭의 부위 하나가 분리될 때마다 관람객들은 탄성을 질렀다.

"오! 와!"

"와, 저 작은 칼로 생닭 해체를 해내네?"

"역시, 고수는 연장을 안 가린다더니!"

"이번 두 번째 미션 통과는 말할 것도 없고, 내 짐작으로 마지막 미션은 카빙일 것 같은데, 저 4번한테 굉장히 유리하겠어!"

진행자뿐만 아니라 구경하는 관람객들도 카빙나이프로 닭을 해체하는 건 처음 본다고 신기해하며 그녀를 지켜보았고, 3분의 제한 시간이 지난 후 1그룹에서는 4번 참가자와 8번 참가자만이 미션을 완수했다.

이어 호검이 속한 2그룹의 차례가 되었다. 2그룹에는 13번, 23번, 24번인 호검이 다 속해 있어서 그들이 무대로 올라오자,

관람객들의 환호가 대단했다.

관람객들의 기대를 받으며 13번 참가자는 역시 회칼을, 23번 참가자는 중식칼을, 호검은 셰프나이프를 집어 들었다.

"이거 한, 중, 일의 대결인데? 으아, 누가 제일 빨리 해낼까?"

관람객들은 세 명 모두 통과하리라는 건 의심하지 않았고, 그중 누가 더 능숙하게 더 빨리 해체를 할 것인지가 더 궁금한 모양이었다.

13번 참가자는 여전히 날카로운 눈빛을 반짝이며 생닭을 어떻게 해체할지 벌써부터 생닭을 노려보고 있었고, 23번 참가자는 자신에게 이목이 집중되는 것이 신나는지 중식칼을 이리저리 흔들어 보이며 관람객들에게 인사를 보내고 있었다.

한편 호검은 워낙 많은 관람객들의 이목이 집중되고 있으니 약간 부담이 되었다. 첫 번째 미션 이후 금방 행사장에 소문이 난 것인지, 아니면 워낙 환호와 박수 소리가 커서 다른 사람들이 하나둘씩 몰린 것인지 모르겠지만, 현재 첫 번째 미션 때보다 관람객들이 더 늘어 있었다.

'아, 조금 떨리네.'

그도 그럴 것이, 호검은 한 번도 이렇게 많은 사람들 앞에서 요리 혹은 칼질을 해본 적이 없었다. 게다가 지금은 꽤 주목도 받고 있는 상황이었다.

'혼자 연습한다고 생각하자. 여긴 아무도 없고, 나 혼자만

있다고 말이야. 생닭 해체야 채소 채썰기랑 보쌈 수육 자르는 거 다음으로 내가 많이 해본 거잖아?'

호검이 채썰기에 심취해 있던 과거의 어느 날, 텔레비전에서 한 요리사가 생선과 생닭 등을 해체하는 것을 보고는 모든 칼질을 잘하고 싶어졌다. 그래서 가장 먼저 가격이 저렴한 생닭으로 해체 연습을 시작했다. 그때 호검은 생닭 해체를 연습하느라고 치킨부터 닭도리탕, 찜닭 등등 닭으로 하는 여러 요리들을 많이 해 먹었었다.

그는 마음을 가다듬고 집중했다.

"자, 기대가 되는 2그룹입니다! 대단하신 분들이 모두 모여 있네요. 흥미진진합니다. 그럼, 시작해 볼까요? 2그룹, 닭 해체 시작하세요!"

진행자는 실력 있는 참가자들이 많이 나와서 흥분한 듯 큰 소리로 시작을 외쳤고, 2그룹의 닭 해체가 시작되었다.

관람객들의 관심을 끄는 세 명의 참가자는 저마다 다른 칼로 다른 손놀림을 보여주기 시작했다.

먼저 13번 참가자는 처음에 오이채를 썰 때처럼 회칼의 날카로운 끝부분으로 닭의 가운데를 가르면서 닭을 해체해 나갔다. 23번 참가자는 중식칼의 직각인 칼끝을 생닭에 대고 손목을 이리저리 트위스트하면서 현란하게 닭을 해체했다.

그리고 호검은 칼을 든 오른손보다 왼손의 움직임이 대단했다. 아까 오이나 무를 채 썰 때 왼손에 채소가 붙어 있는 것 같이 보였듯, 이번에도 그는 왼손으로 닭을 이리저리 돌려가며 오른손의 칼을 동시에 움직였다.

관람객들은 세 명의 능숙한 칼 솜씨에 연신 탄성을 지르며 그들의 칼에서 눈을 떼지 못했다.

잠시 후, 세 명은 거의 동시에 닭 해체를 마쳤고, 세 명의 도마 앞에 준비된 넓은 쟁반에는 깔끔하게 해체된 닭이 가지런히 놓여있었다. 특히 세 명이 해체한 가슴살 부위는 정석 그대로 아름다운 물방울 모양이었고, 심사 위원들도 세 명의 닭 해체가 흠잡을 데가 없다며 극찬했다.

관람객들은 오늘 좋은 구경 한다며 신이 나서 박수를 쳤다. 진행자는 이 세 명 덕분에 이번 첫 칼질 미션쇼는 대성공일 것 같은 예감이 들었다.

이어진 3그룹에서 두 명이 생닭 해체 미션을 통과했고, 이제 세 번째 미션에 도전할 참가자는 일곱 명만 남게 되었다.

"두 번째 미션 통과자는 4번, 8번, 13번, 23번, 24번, 29번, 35번 참가자입니다! 아까 말씀드린 대로 세 번째 미션 이전에 이 대단한 통과자들의 인터뷰를 해볼까요? 먼저, 각자 소개를 좀 해주세요. 이름, 직업, 나이 뭐 그런 것들 말입니다. 먼저 4번 참가자, 소개 부탁드립니다."

진행자는 4번 참가자에게 마이크를 넘겼다.

"제 이름은 민선영입니다. 저는……."

4번 참가자는 요리사가 아니라 미술을 전공하고 현재 조각가로 활동하고 있다고 자신을 소개했다.

"와, 조각가래!"

"그래서 카빙나이프를 저렇게 잘 다뤘나?"

"조각에, 요리에, 못하는 게 없으시네!"

수정은 조각가라는 4번 참가자의 말에 살짝 걱정이 되었다. 왜냐하면 수정이 예측하기로 마지막 미션은 분명히 카빙나이프로 채소 장식을 만드는 것이라고 생각했기 때문이다.

'저 여자 카빙나이프 쓰는 거 보니까 마지막 미션에서 엄청 강할 것 같은데…….'

4번 참가자 민선영의 소개를 듣고 걱정이 되는 사람은 수정뿐만이 아니었다. 나머지 통과자들도 4번 참가자를 경계하는 눈빛을 보내고 있었다.

다른 참가자들의 소개도 이어졌는데, 13번 참가자는 역시 예상대로 일식요리사였고, 23번은 중식요리사였다.

"13번 안철민 씨는 역시 일식요리를 하고 계시고, 23번 문대영 씨는 중식요리사시군요! 두 분 다 칼 다루는 솜씨가 예사롭지 않더니 말입니다. 하하하. 자, 그럼 24번 참가자의 소개를 들어볼까요?"

진행자가 호검에게 마이크를 넘기자, 관람객들의 큰 환호가 있었다. 호검은 침을 꿀꺽 삼키고 입을 열었다.

"아, 저는 강호검이라고 하고요. 음, 한식 요리를 조금 했었습니다."

호검이 이름을 말하자, 진행자는 감탄을 하며 말했다.

"캬! 이름도 칼질을 굉장히 잘하실 것 같은 이름이네요! 강호검! 강호에서 온 검의 달인 아닙니까? 멋진 이름이네요! 칼 솜씨에도 어울리고요. 제가 지금껏 들어본 이름 중에 사람과 가장 잘 맞아떨어지는 이름이에요."

"아하하. 감사합니다."

"그런데, 그럼 지금은 요리사를 하고 계신 건 아니신가요?"

"네, 잠시 쉬면서 이것저것 배우고 있습니다."

"아, 그렇군요. 오늘 좋은 결과 있으시길 바라겠습니다."

세 번째 미션에 도전하게 될 일곱 명의 간단한 인터뷰가 끝나고, 이제 세 번째 미션을 시작할 시간이 되었다.

"드디어 세 번째 미션의 도전 시간이 되었습니다! 아, 미리 설명을 드리자면, 오늘 이 세 번째 미션에서 세 명을 선발하게 됩니다. 그리고 선발된 세 명은 내일 이 시간에 자신이 가장 뛰어난 칼질을 보여줄 수 있는 요리를 한 가지씩 준비해서 대결을 펼치게 됩니다. 뭐, 자유 주제인 셈이죠."

진행자는 미리 내일 칼질 미션쇼의 하이라이트가 준비되어 있다는 사실을 소개했다.

"칼질 잘하시는 분들은 당연히 요리도 잘하시겠죠! 하지만, 칼질 미션쇼인 만큼 가장 중요한 점은 자신의 뛰어난 칼 솜씨를 보여줄 수 있는 요리여야 한다는 점입니다. 물론 세 번째 미션을 통과해야 내일 최종 미션에 도전할 수 있겠죠? 자, 그럼 이제 정말 세 번째 미션을 공개하겠습니다!"

진행자의 말이 떨어지기가 무섭게, 아까 그 선글라스를 낀 검은 양복의 두 남자가 또 등장했다.

이제 관람석에서는 이 두 명을 보기만 해도 웃음이 터져 나왔다. 그들은 양손에 각각 당근 한 바구니, 토마토 한 바구니, 적양파 한 바구니, 오이 한 바구니를 들고 나오더니 도마가 세팅된 식탁 앞쪽에 일렬로 바구니를 놓아두고는 무대를 내려갔다.

통과자들의 인터뷰가 진행되는 동안 식탁 위에는 7개의 도마가 새롭게 세팅되어 있었는데, 각 도마의 앞쪽에는 흰색의 커다란 접시도 준비되어 있었다.

"이번 미션은, 바로 채소 카빙입니다! 여기 바구니에 준비된 당근, 토마토, 적양파, 오이를 가지고 장식을 만드는 것이죠. 이 채소들을 다 사용하셔도 되고, 일부만 사용하셔도 됩니다. 이거 조각가 선생님께 가장 유리할 수 있겠네요. 아, 중화요리에서는 막 용도 만들고 하지 않나요?"

설명을 하다 말고 진행자가 23번 참가자인 문대영에게 물었다. 그러자 문대영은 여유로운 미소를 지으며 고개를 끄덕였다.

"오, 23번 참가자는 용 만드시려나요? 하하하. 아무튼, 앞쪽에 준비된 접시에 채소로 멋진 장식을 만들어 놓아주세요. 완성된 작품은 심사 위원분들이 평가해서 그중 가장 뛰어난 3개를 선발할 겁니다."

이번 미션에 주어진 시간은 30분. 30분 동안 멋진 장식을 만들어내야 한다. 하지만 다행히도, 진행자는 이번 미션 전에 구상할 시간 5분을 준다고 말했다.

"자, 5분 따로 드릴게요. 아이디어 구상할 시간 정도는 드려야죠."

그러자 7인의 통과자들은 곧바로 재료를 집어 이리저리 살펴보기도 하고, 접시 크기도 확인하면서 심각한 표정으로 구상을 시작했다. 눈을 감은 채 가만히 생각에 잠겨 있는 참가자도 있었다.

호검도 역시 재료들을 먼저 확인하고는 식탁에 몸을 기대면서 양손을 자신의 바지 주머니에 넣고 생각에 잠겼다.

*　　　*　　　*

이번 세 번째 미션에서 가장 유리할 것 같은 사람은 조각가

출신인 4번 참가자 민선영과 중화요리사인 23번 문대영일 것이라고 관람객들은 추측하고 있었다. 물론 호검도 그렇게 생각했다.

'아, 채소 카빙이라… 카빙은 그냥 내 맘대로 막 해보기만 했는데…….'

사실 호검은 심심할 때마다 셰프나이프로 자투리 채소로 혼자 이것저것 만들어보긴 했었으나, 특별히 누구에게 배웠다거나 하진 않았다. 그저 자신이 만들고자 하는 대로 이렇게도 만들어보고 저렇게도 만들어보곤 했을 뿐이었다.

그는 자신은 없었지만, 일단 최선을 다해 아이디어를 내보자고 스스로를 다독였다.

호검이 아이디어를 생각하다가 갑자기 깜짝 놀란 듯 눈을 부릅떴다. 그러더니 자신의 오른쪽 주머니에 넣은 손을 움직였다. 그의 오른쪽 바지 주머니 속에 무언가가 들어 있었던 것이다.

'어? 뭐야. 이거 요리사의 돌이잖아! 내가 이걸 가져왔던가?'

호검이 고개를 갸웃거렸다. 그러다 혹시 요리사의 돌이 채소 카빙 아이디어도 줄 수 있지 않을까 하는 생각이 들었다. 그는 일단 자신이 돌을 주머니에 넣었는지 안 넣었는지는 나중에 생각하기로 하고 채소 카빙 아이디어부터 생각해 보기로 했다.

'이것도 요리의 한 부분이잖아? 아이디어를 줄 수도 있어!'

호검이 눈을 감고 잠시 생각을 하는 듯싶더니 금세 눈을 번쩍 떴다. 이어 그의 입가엔 미소가 떠올랐다.

잠시 후, 진행자가 참가자들에게 각자의 도마 앞에 서라고 말했다.

각자의 도마에는 카빙나이프가 올려져 있었는데, 추가로 각자 자신이 필요한 칼을 가져다 써도 된다고 했다. 또한 도마 위에는 섬세한 작업에 필요한 요리용 핀셋도 준비되어 있었다.

"자, 다들 생각 충분히 하셨죠? 준비되셨습니까?"

"네!"

진행자의 물음에 일곱 명의 참가자가 의지를 불태우며 큰 소리로 대답했다.

"좋습니다! 자, 세 번째 채소 카빙 미션! 지금 시작해 주세요!"

진행자의 시작 소리와 함께 무대 정면의 초시계의 숫자가 움직이기 시작했고, 참가자들의 손도 분주해졌다.

참가자들은 대부분 셰프나이프를 추가로 가져와서 오이나 당근 등을 원하는 크기로 잘라 사용했다. 13번 참가자인 안철민은 일식요리사답게 역시 회칼을 가져왔는데, 그는 아예 회

칼로 무언가를 만들기 시작했다.

안철민은 오이의 끝부분을 사선으로 자른 후, 얇게 슬라이스를 치듯이 회칼 끝으로 오이를 잘랐는데, 끝부분은 자르지 않고 붙어 있는 상태로 커팅을 했다. 그리고 얇게 슬라이스된 부분을 꾹꾹 눌러 약간 펼쳐지게 만들었다.

그는 이 모양을 2개 만든 다음, 또 다른 오이 끝의 둥근 부분을 처음 것보다 더 두껍게 사선으로 잘라내 이번엔 카빙나이프를 집어 들었다.

관람객들은 7인의 참가자들이 무얼 만드는지 이리저리 고개를 돌려가며 구경을 하고 있었다.

"오, 꽃이다!"

"저기도 꽃인데?"

"오이꽃, 당근꽃, 토마토꽃, 적양파꽃 다 나오네!"

"그래도 만드는 법도, 모양도 다 달라! 신기해."

"예쁘다, 역시 꽃이야."

참가자들 중 호검과 4번, 13번, 23번 참가자를 뺀 나머지 세 명은 모두 꽃 모양을 만드는 중이었다. 8번 참가자는 당근을 깎아 장미를 만들었는데, 꽃잎 하나하나가 드러나도록 섬세하게 당근을 파내고 있었다.

29번 참가자는 토마토를 돌려깎기한 후, 알맹이가 아닌 껍질을 둥글게 돌돌 말아서 장미를 만들었다. 흰색 원형 접시의 한가운데에 크고 작은 토마토 장미 3개를 놓은 그는 장미 주변으로 슬라이스한 오이에 모양을 넣어 잎사귀를 만들었다.

꽃을 만들고 있는 세 명의 참가자들 중에 가장 빠른 손놀림을 보이고 있던 35번 여성 참가자는 벌써 적양파 하나를 절반으로 잘라 두 개의 꽃을 만들어 접시의 한가운데에 놓았고, 그 주변으로 슬라이스한 오이를 잎사귀가 아닌 꽃잎으로 사용해 오이꽃을 여러 개 만들었다.

"오, 여러 참가자들의 접시에 꽃이 피어나고 있습니다! 꽃밭이로군요, 꽃밭!"

진행자가 꽃을 만드는 참가자들을 보고 중계를 했다. 꽃은 빠르게 형태가 나오니 꽃을 만드는 참가자들 세 명의 작품은 금방 무엇인지 알 수 있었는데, 다른 모양을 만들고 있는 나머지 네 명은 각자 손에 당근을 들고 카빙에 열중하고 있을 뿐 아직 무엇을 만드는지 정확히 알 수 없었다.

"역시 다들 단단한 당근으로 카빙들을 하고 계시네요! 오, 13번 참가자는 역시 일식에는 생선을 많이 사용해서 그런지 접시에 물고기가 헤엄치고 있군요."

13번 참가자 안철민의 접시에는 아까 오이로 만들어놓은 물밖으로 고개를 내민 금붕어가 만들어져 있었다. 그리고 그는 지금 당근으로 무언가를 깎고 있었다.

관람객들은 네 명의 참가자들이 카빙 중인 당근과, 꽃을 만드는 세 명의 손끝에서 현란하게 움직이고 있는 카빙나이프를 번갈아가며 쳐다보고 있었다.

"뭘 만드는 걸까?"

"23번은 용 머리 같은데?"

"오, 그런가? 24번도 용 만드나?"

"근데, 4번은 도무지 뭘 만드는지 모르겠는데?"

4번 참가자 민선영은 뭔가 모양을 다듬고 있는 것 같았는데, 구체적으로 무엇인지 알기 힘들었다.

거의 제한 시간 30분이 다 되어가자, 7인의 접시에는 멋진 작품들이 펼쳐져 있었다.

23번 참가자 문대영은 마지막으로 토마토를 구 형태로 자르고 있었고, 4번 참가자 민선영과 호검은 둘 다 오이로 작품의 마무리를 하고 있었다. 아까 빠른 손놀림을 보이던 적양파꽃과 오이꽃을 만든 35번 여성 참가자는 하얀 원형 접시에 다양한 모양의 꽃을 가득히 채워 이미 작품을 완성한 상태였다.

"와!"

"다 대단한데!"

"이 짧은 시간에 다들 무슨 작품을 만들어냈어!"

진행자는 거의 형태가 드러난 7인의 채소 카빙을 감탄하며 중계했고, 마지막 1분이 남았을 때 외쳤다.

"자, 1분 남았습니다. 마무리해 주세요!"

그때, 호검이 진행 요원 중 한 명에게 다가가 귓속말을 했다. 진행 요원은 그의 말을 듣더니 어디론가 사라졌고, 금방 다시 돌아와 그에게 무언가를 건넸다.

그사이 제한 시간은 끝이 났고, 드디어 평가의 시간이 되었다. 심사 위원들이 무대로 입장해 참가자들의 작품을 하나하나 평가하기 시작했다. 심사 위원들이 평가하는 동안 10분의 휴식 시간이 주어졌는데, 관람객들 대부분은 자리를 뜨지 않고 그대로 심사 모습을 지켜보고 있었다.

심사 위원들은 작품을 이리저리 관찰하며 완성도, 독창성 등을 평가했고, 10분 후 드디어 결과 발표 시간이 되었다.

"자, 오늘 마지막 세 번째 채소 카빙 미션의 결과를 발표하겠습니다! 심사 위원 세 분이 각각 최종 통과자 한 명씩을 발표하고 평을 해주시겠습니다. 아까도 미리 말씀드렸지만, 지금 이 미션에서 통과한 최종 통과자 세 분은 내일 결승전에서 우승자를 가리게 됩니다. 내일은 칼질뿐만 아니라 요리까지 구경하실 수 있으니 더 재미있는 쇼가 될 겁니다. 내일 결승전은 오늘처럼 1시 30분에 시작되니 관람객 여러분들 많이 구경오시기 바랍니다."

진행자의 당부의 말이 끝나고, 심사 위원들이 각자 한 명씩 통과자를 발표하기 시작했다. 첫 번째 심사 위원이 입을 열었다.

"먼저, 첫 번째 통과자는… 23번! 축하드립니다!"

발표와 함께 무대 앞 스크린에 23번 참가자 문대영의 작품이 등장했다. 스크린에는 하늘로 승천하려는 용 한 마리가 연꽃 위로 솟아 나와 있었다. 문대영은 주먹을 흔들며 좋아했고, 관람객들은 예상했다는 듯이 축하의 박수와 환호를 보내 주었다.

"보시다시피 이 작품은 입에 토마토 여의주를 문 당근으로 조각된 용의 모습인데요, 용이 아주 섬세하진 않지만, 이 짧은 시간에 이 정도로 만들어낼 수 있었다는 것이 대단한 실력이라고 여겨집니다. 또한 용이 적양파로 만든 연꽃에서 승천하는 것처럼 구성한 것도 좋았습니다."

이제 두 명이 남았다. 남은 6인의 참가자들은 긴장한 표정으로 두 번째 심사 위원의 입이 떨어지기만을 기다리고 있었다.

"두 번째 통과자는……."

두 번째 심사 위원이 말문을 열자, 여기저기서 관람객들이 자신들이 마음에 들었던 참가자의 번호를 불러댔다.

"4번!"

"24번!"

"35번!"

"13번!"

두 번째 심사 위원은 씨익 웃어 보이더니, 다시 입을 떼었다.

"4번 참가자입니다! 축하합니다."

관람객들의 환호 속에 4번 참가자 민선영의 작품이 스크린에 띄워졌다.

그녀가 만든 것은 오이 잎사귀가 달린 당근으로 만든 나무였다. 그녀는 조각가답게 섬세한 카빙으로 정말 나무처럼 당근을 깎아냈고, 얇고 길게 썬 오이를 나뭇가지에 감은 후 그 위에 카빙한 오이 나뭇잎을 얹어놓았다.

"이건 정말 하나의 완벽한 작품입니다. 역시 조각가는 달라요. 하하하. 섬세한 카빙도 그렇고, 접시에서 나무가 자라 나온 것 같습니다."

민선영은 활짝 웃으며 심사 위원에게 감사의 뜻으로 묵례를 했다.

이제 사람들은 마지막 통과자가 누굴지 더 궁금해져서 세 번째 심사 위원을 뚫어져라 쳐다보고 있었다.

'아, 나여야 하는데!'

호검은 속으로 자신의 작품이 뽑히길 바랐다. 물론 다른 참가자들도 그랬겠지만.

"자, 그럼 마지막 통과자를 발표하겠습니다. 마지막 통과자는 보자마자 우리 세 명의 심사 위원이 만장일치로 통과를 결정했습니다. 그만큼 아주 대단한 작품입니다."

먼저 극찬으로 말문을 연 세 번째 심사 위원은, 곧바로 발표를 이어갔다.

4. 세 가지 칼질 미션Ⅲ

"마지막 통과자는 바로, 24번 참가자입니다!"

호검은 기쁨을 감추지 못하고 함박웃음을 지었고, 심사 위원에게도, 관람객들에게도 연신 고개 숙여 인사했다.

"감사합니다. 감사합니다."

"축하드립니다."

관람객들은 지금까지 중에서 가장 큰 소리로 환호하며 박수갈채를 보냈다. 관람객들 사이에서 수정도 손이 부서져라 박수를 치고 있었다.

"24번 참가자의 작품은 아이디어도 돋보이고, 카빙 실력도 아주 뛰어났습니다. 물론 실제 디스플레이는 이렇게 할 수 없겠지만, 이 당근으로 카빙한 새를 접시에 올려놓아도 무방할 겁니다."

스크린에는 호검의 작품이 비춰졌다. 호검의 작품은 나뭇가지에 앉은 새였는데, 당근으로 나뭇가지와 새를 하나로 이어지게 조각했고, 오이로 초록색 나뭇잎을, 토마토로 붉은 꽃을 표현해 냈다.

그리고 무엇보다 특이했던 것은, 이 새 작품이 접시 위에 세워진 것이 아니라 접시 앞에 세워졌다는 점이었다. 흰색 원형 접시가 새의 배경 역할을 하게끔 디스플레이가 되어 있었는데, 흰색 원형 접시에는 한 폭의 수묵화 같은 풍경이 만들어져 있었다.

호검은 오이를 얇게 썰어서 강을 따라 펼쳐진 산을 표현했는데, 짙은 초록색의 껍질 부분과 연둣빛의 속살 부분을 농담 표현으로 활용해 그림 같은 작품을 만들어냈다.

호검은 이 접시를 세워두기 위해 아까 진행 요원에게 접시를 세울 수 있는 받침대를 구해달라고 부탁했던 것이다.

"아, 저게 저렇게 디스플레이하는 거였구나!"

"이야, 뭐 당근으로 만든 새도 이쁘고, 뒤에 저 오이 그림도 멋지네!"

"난 24번이 1등이라고 생각했다니까!"

"그러고 보면 요리도 예술인 거 같아. 안 그래?"

"맞아. 눈으로도 먹는다는 말이 있잖아."

관람객들은 호검의 작품을 계속 보면서 칭찬을 아끼지 않았다.

한편, 13번 참가자 안철민은 씁쓸한 표정이었다. 그는 사실 카빙을 많이 연습한 편은 아니라서 어느 정도 예상했던 일이었지만, 그래도 아쉬운 건 사실이었다. 그의 작품은 그저 단순히 오이, 토마토, 당근 세 가지 채소를 같은 방식으로 깎고 잘라 물고기 세 마리를 만들고 적양파로 간단한 기하학적 데코를 곁들인 것이었다. 물론 물고기들이 귀여워 보이긴 했으나, 뛰어난 카빙 실력을 보여줄 만한 작품은 아니었던 것이다.

"최종 통과자는 4번, 23번, 24번 참가자입니다! 이 칼질 고수 세 분은 내일 다시 만나 뵙기로 하죠. 관람객 여러분, 오늘 재미있으셨나요?"

"네!"

진행자의 물음에 관람객들은 큰 소리로 대답했다. 그러자 진행자는 싱글벙글 웃으며 말했다.

"그럼 내일도 구경 오십시오! 하하하. 내일은 정말 칼질의 달인이 탄생합니다! 기대하셔도 좋습니다! 오늘 남은 시간 동안 다른 쇼도 즐기시기 바랍니다. 저는 내일 또 뵙겠습니다. 감사합니다!"

칼질 미션쇼는 이렇게 끝이 났고, 호검은 신이 나서 무대에서 뛰어 내려와 수정에게로 다가왔다. 그러자 수정이 웬일로 호들갑을 떨며 말했다.

"축하해! 너 정말 잘하더라! 난 네 실력이 이 정도인 줄은 몰랐어! 대박이야, 대박! 이거 참가 안 했으면 어쩔 뻔했어!"

"고마워. 하하하."

호검은 수정의 칭찬에 쑥스러운 듯 머리를 긁적였다.

"마지막 미션은 아이디어도 좋더라. 대단해!"

수정의 말에 호검은 씨익 웃으며 자신의 오른쪽 주머니에 손을 넣었다. 그리고 자리에서 일어나 발걸음을 옮기는 수정을 뒤따라 걸으면서 슬쩍 요리사의 돌을 꺼내 보았다. 그런데 그가 꺼낸 것은 요리사의 돌이 아니었다.

'잉? 뭐야? 이거 요리사의 돌이 아니잖아?!'

호검이 멍한 표정으로 그 자리에 멈춰 섰다.

*   *   *

호검의 손에 잡혀 그의 주머니에서 나온 것은 요리사의 돌이 아니라, 아까 아침에 수정이 선물로 준 열쇠고리였다.

수정은 그냥 지나가다가 귀여워서 2개 샀다면서 호검에게 그중 하나를 주었다.

수정이 준 열쇠고리는 요리사 캐릭터 얼굴이 그려진 돌이 달린 것이었는데, 그 돌이 매끈하고 요리사의 돌과 크기가 거의 비슷해서 순간적으로 호검이 착각을 했던 것이다.

'아니, 그럼 그 아이디어는? 내가 생각해 낸 거란 말이야?'

가만히 생각해 보니 돌이 레시피를 가르쳐 줄 때와는 달리 만드는 과정이 함께 떠오른 것이 아니었다.

'하긴, 그건 요리 레시피를 알려주는 거니까……. 내가 칼 다루는 건 자신 있으니까, 이 정도 아이디어는 혼자서도 생각해 낼 수 있는 건가? 오호.'

호검은 스스로가 기특했다. 칼질을 좋아해서 열심히 하다 보니 이렇게 실력도 늘었고, 또 이 뛰어난 칼 실력이 요리하는 데에도 많은 도움이 되니 말이다.

호검이 잠깐 멈춰서 생각을 하고 있는 사이 수정은 호검이 따라오는 줄 알고 계속 앞으로 나아가고 있었다. 그런데 그때, 누군가 멈춰 서 있는 호검을 톡톡 쳤다.

"안녕하세요, 강호검 씨."

호검이 고개를 돌려 옆을 보니 오유림이 자신을 향해 미소를 짓고 있었다.

"엇, 안녕하세요."

갑작스러운 만남에 호검이 살짝 놀라 얼른 대꾸했다. 그러자 오유림은 더 밝게 웃으며 말을 이었다.

"아까 칼질 미션쇼 잘 봤어요. 요리도 잘하시던데, 칼 솜씨도 굉장히 좋으시네요. 아, 결승전 진출하신 거 축하드려요."

"감사합니다. 유림 씨도 요리쇼 구경 오신 거예요?"

"뭐, 네. 그렇다고 할 수 있죠."

호검은 기면 기고 아니면 아니지 그렇다고 할 수 있는 건 뭔가 싶어 고개를 갸웃했다.

한편, 수정은 앞서 가다가 호검이 따라오지 않는 걸 깨닫고 뒤로 돌아 두리번거리며 호검을 찾았다. 그러다 웬 여자와 대화를 나누고 있는 그를 발견한 그녀는 빠른 걸음으로 호검에게 다가와 물었다.

"야, 넌 안 따라오고 여기서 뭐 해?"

"아, 수정아. 아는 분을 만나서 잠시 대화 중이었어."

수정은 호검의 대답에 유림을 힐끗 쳐다보고 살짝 목례를 했는데, 그녀의 눈빛은 살짝 유림을 경계하는 듯했다. 유림도 그걸 느꼈는지 자신도 수정에게 살짝 목례를 하고 곧 자리를 떴다.

유림이 가고 나자, 수정이 호검에게 물었다.

"누구야?"

"아, 오유림이라고 K호텔 요리 대회에서 1등 한 분이야."

"K호텔 요리 대회? 근데 네가 어떻게 알아?"

"내가 거기 참가했었거든."

"뭐? 정말?"

호검은 수정과 함께 행사장을 걸어 나가면서 자신이 K호텔 요리 대회에 참가한 이야기를 들려주었다. 수정은 그가 2등을 했다는 얘기에 놀라워하며 기뻐해 주었다.

"와, 너 진짜 실력이 대단하구나! 역시 타고난 요리사인가 봐!"

"아이, 쑥스럽게……. 참, 중화요리쇼 할 시간 거의 다 되지 않았어?"

호검의 말에 수정이 자신의 시계를 보더니 깜짝 놀라 대답했다.

"지금 시작하기 1분 전이야!"

"얼른 가자!"

호검은 마음이 급해졌는지, 수정의 손을 덥석 잡고는 중화요리쇼가 펼쳐지는 행사장으로 향했다. 수정은 당황했지만, 아무 말 없이 그에게 이끌려 함께 뛰어갔다.

중화요리쇼장에 도착해 보니 아까 일본요리쇼 때보다 더 많은 사람들이 몰려와 있었다.

"와, 사람 더 많아졌네. 어? 시작한다!"

워낙 사람들이 많은 데다가 바로 쇼가 시작되어 호검과 수정은 VIP자리로 가기가 힘들어서 우선 대충 맨 뒷자리에 앉았다. 그래도 대형 스크린으로 요리하는 모습을 보여주기 때문에 구경에는 무리가 없었다.

중화요리쇼는 강남에서 유명한 중식당을 운영하고 있는 서일주 셰프와 보조 요리사 몇 명이 함께 등장해 요리 시범을 보여주었다.

"서일주 셰프님 알아?"

"이름은 들어본 것 같아."

"서 셰프님도 곧 텔레비전에 출연할 거라더라. 프로그램 뭐 들어간다고 홍보하는 것 같던데?"

"오, 그래? 그럼 서 셰프님도 이선우처럼 유명해지는 건가?"

"그럴 수도? 미리 사인이라도 받아놓을까? 호호."

수정이 농담조로 말했다. 그녀는 요리에 관심이 많아서인지 모든 것에 호기심이 많은 것인지 정보를 많이 알고 있었다. 호검은 자신의 요리 공부에 열중하느라고 많은 정보를 알아보진 못한 상태라서 수정이 알려주는 정보가 꽤 도움이 되었다.

"와, 불 붙는 거 봐! 파스타 요리에 와인 넣을 때보다 확실히 웍이 크니까 불도 더 크게 붙는 거 같아."

"중화요리는 불맛이지!"

역시 중화요리는 쇼라는 말이 가장 잘 어울리는 요리 같았다. 무대 위에서 커다란 웍을 이리저리 돌리는 것도 그렇고, 크게 불도 붙이고, 빠른 시간에 재빠른 동작으로 요리를 만들어 나가니 사람들이 지루할 틈이 없었다.

서 셰프가 보여준 요리는 오리고기 완자와 채소를 넣어 볶은 요리였다. 중화요리쇼에 사람들이 많이 올 줄 예상했는지, 서 셰프는 꽤 많은 양을 요리했다. 요리가 완성되고 시식도 할 수 있었는데, 호검과 수정 모두 그 맛에 감탄했다.

"오리고기 완자는 부드럽고, 채소는 아삭하고 정말 맛있다!"

"맞아. 소스도 담백하니 맛있어. 아, 더 먹고 싶다……."

중화요리쇼가 끝나고 30분 뒤, 같은 장소에서 서양요리쇼가 시작되었다. 호검과 수정은 쉬는 30분 동안 잠시 주변 부스에서 간단히 요깃거리를 사 먹고 이번에 일찍 앞쪽 VIP 자리에 앉았다. 그리고 잠시 후, 무대에 서양요리쇼를 함께할 외국인 셰프와 한국인 셰프가 올라왔다.

"와, 제이미 크루즈 실제로 보니까 키 더 커 보이네! 저기 저 한상민 셰프님이 제이미 크루즈랑 원래 아는 사이였나?"

제이미 크루즈는 키가 190㎝나 되어 호검이 보기에도 굉장히 커 보였다. 게다가 한상민이 체구가 작은 편이라 제이미 크루즈가 더 커 보이는 효과도 있었다.

수정은 제이미 크루즈를 실제로 처음 본다면서 좋아했다.

"제이미 크루즈가 낸 파스타 책이 나한테 있는데, 내 입맛에 딱이야. 오늘도 파스타 하나 하지 않을까 싶은데……."

"아, 그렇구나. 나도 한번 서점 가서 찾아봐야겠네."

"어? 근데 저 사람, 아까 그……!"

제이미 크루즈와 한상민 말고 통역사 한 명과 보조 셰프 두 명이 무대에 올라왔는데, 그중 한 여자를 보고 수정이 손가락으로 그녀을 가리키며 호검을 쳐다보았다.

'오유림이다!'

호검의 눈이 휘둥그레졌다. 오유림도 맨 앞에 앉은 호검을 발견하고 살짝 눈웃음을 지어보였다.

"저 사람, 아까 그분 맞지?"

"으응. 근데 서양요리쇼에 보조 셰프로 온 건 몰랐네."

"여기 보조 셰프로 올 정도면 한상민 셰프님이랑 각별한 사이라는 건데……."

"아, 그럼 한상민 셰프님 밑에 있나 보네. 한 셰프님이 하는 음식점이 있을 거 아냐? 거기서 일하는 게 아닐까?"

"그런가 보네……."

"어쩐지 실력이 좋더라."

오유림은 한상민의 지시에 따라 이것저것 오늘 요리에 필요한 재료들을 세팅하고 있었다. 수정은 그런 그녀의 움직임을 유심히 지켜보고 있었다.

수정이 파스타를 좋아해서 이태리 요리를 배우게 되었지만, 지금은 파스타를 좋아하는 것을 넘어서 이태리 요리를 만드는 것 자체도 굉장히 좋아하게 되었다. 그래서 그녀의 꿈도 요리사가 되었는데, 지금 저렇게 한상민 셰프의 보조를 하고 있는 오유림을 보니 부럽기도 하고, 경계심이 생기기도 했던 것이다.

그리고 이건 수정만의 생각일지도 모르겠지만, 수정은 왠지 오유림과 계속 만나게 될 것 같은 예감이 들었다.

잠시 후, 서양요리쇼가 시작되었고, 예상과는 다르게 제이미 크루즈는 바질 크림소스를 곁들인 돼지고기 목살 스테이크를 선보였고, 한상민 셰프가 새우와 애호박을 넣은 파스타 요리를 선보였다.

"제이미 크루즈가 파스타를 안 하고, 한상민 셰프님이 파스타를 하네?"

"제이미 크루즈가 파스타 책을 내긴 했는데, 스테이크 요리도 잘해. 되게 실험적인 소스도 많이 만들고 그러더라고."

수정은 제이미 크루즈에 관심이 많은 듯 요리쇼 내내 신이 나서 그의 요리를 집중해서 지켜보았다. 가끔 오유림도 관찰하긴 했지만.

서양요리쇼는 현란한 중화요리쇼 같진 않았지만, 아기자기한 맛이 있었다. 플레이팅도 좋았는데, 특히 한상민 셰프의 파스타 플레이팅은 오유림이 대회에서 했던 플레이팅처럼 색 조합이나 모양 모두 멋졌다.

한상민 셰프는 쇼트 파스타인 펜네를 접시 가운데에 럭비

공 모양으로 놓고, 주변으로 애호박을 두른 후 펜네 위에 동그랗게 말린 새우 살을 차례로 올렸다. 그리고 주변으로 토마토소스를 동그랗게 떨어뜨려 플레이팅을 마무리했다.

'아, 오유림이 플레이팅을 한상민 셰프님한테 배워서 잘하나 보다.'

호검은 물론 요리사의 돌이 레시피도 알려주고 완성된 요리의 플레이팅도 보여주긴 하지만, 요리사의 돌은 자기가 가진 지식 내에서 조합해서 레시피를 알려준다는 것을 알고 있었다. 그래서 민석에게 소스 강의를 다 듣고 나면 플레이팅에 대해서도 가르쳐 달라고 할까 하는 생각이 들었다.

올푸드 요리쇼를 둘러본 토요일은 정말 길게 느껴졌다.

워낙 많은 것들을 한꺼번에 구경해서 그렇기도 했고, 호검이 칼질 미션쇼까지 나갔으니 그렇게 느껴질 만도 했다.

박람회장을 다 둘러보고 나온 수정과 호검은 기나긴 요리 여정을 마친 것처럼 기진맥진해 있었다.

그들은 바로 버스를 타고 집으로 향했다. 버스에는 마침 자리가 있었기에 수정이 얼른 자리에 앉으며 호검에게 말했다.

"아, 구경하는 것도 힘들다. 이번 해에 알차게 준비했다더니 정말이네. 알차다, 알차."

"작년보다 더 좋은 거 같아?"

작년 요리쇼는 구경하지 못한 호검이 수정에게 물었다.

"응, 작년보다 더 많은 걸 보여주려고 열심히 준비한 것 같네. 참, 너 내일 칼질 미션쇼 결승전 하려면 아이디어 구상해야 하는 거 아냐?"

"맞아. 집에 가면서 해봐야겠다."

"요리 뭐 할 건지랑, 칼질쇼는 뭐 할 건지 두 개 준비하면 되는 거였나?"

"응. 칼질이 중요한 요리를 준비해서 칼질하는 과정을 쇼처럼 보여줘야 하는 건가 봐."

"그거 내일까지 생각하려면 머리 아프겠다."

"으흥. 뭐……."

수정이 걱정을 해주자, 호검은 옅은 미소를 지었다. 하지만 호검은 자신 있었다. 그에게는 요리사의 돌이 있으니 이런 건 금방 떠올릴 수 있을 것이다. 게다가 오늘 채소 카빙 아이디어는 스스로 낸 것이었으니 카빙 데커레이션은 호검이 그 자리에서 적절히 추가할 수도 있을 것이다.

수정과 호검은 내일도 같은 장소에서 만나서 박람회장에 가기로 했고, 호검은 집으로 돌아와서 내일 있을 칼질 미션쇼를 준비했다. 일단 요리사의 돌을 쥐고 레시피를 떠올렸고, 그에 필요한 칼질을 연습했다.

호검은 밤늦도록 칼질 미션쇼 결승전 준비를 했다. 어느 정도 스스로 만족할 정도로 연습한 호검은 자기 직전 자신의 요리에 필요한 재료들을 꼼꼼히 종이에 적었다. 내일 행사장에 도착하면 곧바로 재료들이 적힌 종이를 행사 담당자에게 전해 주어야 재료를 준비해 줄 수 있다고 했기 때문이다.

재료들을 다 적고 나자, 호검은 그제야 잠을 청했고, 피곤했던 그는 순식간에 잠에 빠져들었다.

그리고 드디어 다음 날 아침이 밝았다.

호검은 아침부터 분주히 박람회장으로 갈 준비를 했다. 그는 우선 이번엔 자신의 가죽 칼 가방을 챙겼다.

'아무래도 손에 익은 내 칼이 낫겠지? 요리사의 돌은 어떡할까……'

호검은 칼을 챙긴 후 요리사의 돌을 가져갈까 말까 잠시 고민했다.

어제 미리 레시피를 준비해 두었긴 했지만, 그래도 일단은 챙겨 가는 것이 나을 듯했다. 그는 백팩에 칼 가방과 요리사의 돌을 넣고 집을 나섰다.

호검은 어제 수정과 만났던 버스 정류장에서 다시 그녀를 만났다. 그런데 수정이 굉장히 피곤해 보였다.

"아, 피곤해 죽겠다."

"왜 그래? 잠 못 잤어?"

호검이 걱정스러운 눈빛으로 수정에게 물었다. 그러자 수정이 민망해하며 대답했다.

"응. 네가 결승한다니까 왜 내가 잠이 안 오는지……. 내가 이렇게 오지랖이 넓어, 호호호."

"아이고, 정말? 난 잘 잤는데……. 내 대신 네가 긴장했나 보다. 그래서 난 긴장 안 하고 잘 잔 건가? 암튼 나 때문에 못 잤다니까 미안하네."

"내가 그냥 못 잔 건데, 뭐. 근데 그래도 좀 미안하면 오늘 꼭 우승해! 알겠지? 파이팅!"

수정은 두 주먹을 꼭 쥐어 보이며 호검을 격려했다. 그는 수정의 말에 고개를 힘차게 끄덕였다. 호검은 수정이 자신에게 특별히 잘해주는 것 같아서 기분이 좋았다.

둘은 어제처럼 버스를 타고 박람회장으로 향했다.

올푸드 요리쇼 박람회장에 도착해 보니 어제보다 사람이 더 많이 온 것 같았다.

호검이 박람회장으로 들어서서 주변을 두리번거리며 말했다.

"와, 사람 진짜 많네. 이선우 때문인가? 이선우 퓨전요리쇼는 방송도 된다면서?"

"응, 그렇다는 거 같아. 근데 이선우도 그렇지만, 일요일이니까 아무래도 어제보단 사람이 많은 거겠지."

"하긴. 근데 이선우 퓨전요리쇼는 몇 시지?"

"칼질 미션쇼 끝난 다음이야. 네 시."

"그래? 잘됐다. 맘 편히 볼 수 있겠네!"

수정이 손가락 네 개를 펴 보이며 귀엽게 말했고 호검은 그런 수정을 보고 피식 웃었다.

수정은 이어 호검에게 말했다.

"참, 너 오늘 요리할 거 재료 알려줘야 하는 거 아니야?"

"응, 맞아. 지금 갔다 올게."

"너 오늘 뭐 만들 건데?"

수정은 기대하는 표정으로 호검에게 물었다. 하지만 호검은 씽긋 웃으며 장난스럽게 대답했다.

"음, 비밀이야. 하핫. 이따 보면 알 거야."

"치이. 나한테도 비밀이야?"

"모르고 보는 게 더 재밌잖아. 하하."

수정이 잠시 새침한 표정을 지었다가 다시 웃으며 말했다.

"뭐, 모르고 있다가 직접 보는 게 더 흥미롭긴 하겠다. 얼른 갔다 와. 난 요리 도구 파는 데 구경하고 있을게."

"응. 알았어."

호검은 곧바로 칼질 미션쇼 행사장으로 가서 관계자에게 필요한 조리 도구와 재료가 적힌 쪽지를 전해주었다. 그리고 행사장을 나오는데 반가운 얼굴을 만났다.

"어? 재석이 형!"

"어, 호검아!"

K호텔 요리 대회에서 만나 알게 된 문재석이었다. 호검과 재석은 서로를 반가워하며 대화를 나눴다.

"너도 이거 보러 왔구나!"

"네, 형도요?"

"하긴 요리 좀 한다는 사람들은 다들 와보겠군. 난 어제 잠깐 와서 중화요리쇼만 보고 갔었는데, 오늘은 천천히 구경도 하고, 응원도 해줄 겸 왔어."

"어제 왔었어요? 나도 어제 왔었는데, 못 만났네……."

"아, 그래? 난 중화요리쇼만 잠깐 보고 가서 못 봤나 봐."

"참, 어제 나 오유림인가 그 여자도 만났는데! K호텔 요리 대회 1등 한……. 근데 글쎄, 서양요리쇼에서 보조 셰프를 하더라고요. 진짜 실력 좋은가 봐요."

"정말? 뭐, 대회에서도 잘해 보이긴 하더라. 근데 넌 어제도 하루 종일 구경하고 오늘도 또 온 거야? 아하, 이선우 셰프 보러 왔구나!"

"뭐, 그것도 그거고……."

호검이 더 말하려는데, 문재석이 칼질 미션쇼 행사장으로 다가오는 누군가를 발견하고 손을 흔들었다.

"형, 여기요!"

"먼저 와 있었네!"

호검이 돌아보니 오늘 칼질 미션쇼 결승에 오른 중식요리사 문대영이었다. 호검이 흠칫 놀라 재석에게 물었다.

"어? 응원하러 왔다는 게 저분 응원 온 거예요?"

"응. 칼질 미션쇼 결승전에 올랐다기에."

문대영은 재석의 옆에 서 있는 호검을 보고는 호검에게도 인사했다.

"안녕하세요. 준비 잘하셨어요?"

"아, 네. 안녕하세요. 뭐, 그럭저럭요."

재석은 호검과 대영이 친분이 있나 싶어 눈이 동그래져서 물었다.

"둘이 아는 사이야?"

"어제 칼질 미션쇼에서 봤지. 내가 어제 말한 칼질 미션쇼 결승전 진출한 그 젊은 요리사가 바로 이 친구야. 아, 정확히 말하자면 과거에 요리사라고 했던가?"

"뭐라고요?"

재석이 눈이 더 커져서 호검을 쳐다보았다. 호검은 멋쩍게 웃으며 재석에게 말했다.

"아, 제가 여기저기 대회에 막 나가는 편이에요. 하핫. 어제도 그냥 지나가다가……"

"이야, 근데 그럼, 나가는 대회마다 3등 안에는 무조건 드는 거네! 대단해, 대단해."

"뭐, 그게, 운이 좋았죠."

"운도 여러 번 겹치면 실력이지! 이따 결승전이 기대되는데?"

재석은 대영이 칼질 미션쇼 행사 관계자에게 다녀오는 동안 호검과 잠시 이야기를 나눴고, 대영이 돌아오자 이따가 보자면서 자리를 떴다. 그리고 호검도 수정과 다시 만나서 요리 도구들도 구경하고, 어제 없었던 새로운 행사들도 둘러보았다.

신나게 박람회장을 둘러보다 보니 금세 시간이 흘러 칼질 미션쇼 결승전 시간이 금방 다가왔다.

오늘 결승전을 치르게 되는 세 명은 미리 재료 같은 것들을 확인해야 해서 호검은 1시쯤 칼질 미션쇼장으로 향했다.

칼질 미션쇼장에 들어서서 보니, 무대 위 세팅이 어제와는 사뭇 달랐다.

오늘은 요리도 보여주는 것이라 마치 다른 요리쇼처럼 식재료들도 따로 준비되어 있었고, 조리대도 세 곳으로 조금씩 떨어져서 배치가 되어 있었다.

호검은 진행 요원들에게 일일이 고개 숙여 인사를 하면서
무대 위로 올라갔다.

진행 요원 중 한 사람이 호검에게 조리복과 명찰을 건네주
었다.

호검은 얼른 조리복을 입고 '강호검'이라고 적힌 명찰을 오
른쪽 가슴에 달았다.

무대에는 민선영과 문대영도 미리 와서 재료들을 확인하고
있었다.

둘은 호검을 보고 묵례를 했고, 호검도 가볍게 인사했다.
하지만 그 후로는 셋 다 서로 말없이 분주하게 자신의 식재료
들과 레시피를 확인했다.

호검은 백팩에서 가죽 칼 가방을 꺼내 필요한 칼들을 도마
위에 얹어놓았다.

호검은 이번에 칼질을 보여줄 음식 한 가지와 메인 요리 한
가지, 총 두 가지 요리를 준비했기에 각 요리에 필요한 재료들
을 따로 분리해서 세팅하고, 두 종류의 다른 그릇도 확인을
마쳤다.

잠시 후, 관람객들이 하나둘씩 칼질 미션쇼장으로 입장하더
니 금세 자리는 꽉 찼고, 진행자의 인사로 결승전이 시작되었
다.

"안녕하세요, 여러분! 많이 기다리셨죠? 어제에 이어서 드디어 1, 2, 3등을 가리는 결승전이 곧 펼쳐지겠습니다. 그러니까 여기 이분들은 무조건 이 트로피 중 하나는 가져가시는 거죠! 이 중식도 트로피 멋지지 않습니까?"

진행자는 관람객들에게 중식도 트로피를 다시 한 번 보여주었고, 사람들은 환호했다.

"오늘 여기 세 분은 뛰어난 칼질을 보여주셔야 하고요, 그 칼질로 탄생한 재료들로 완성된 요리까지 보여주셔야 합니다. 우선 처음부터 끝까지 여기 스크린에 세 분의 도마가 비춰져 있을 겁니다. 중간중간 주목할 만한 칼질이 있으면 제가 중계를 해드리기도 할 것이고요."

진행자는 이어 심사 기준에 대해서도 설명했다.

"이번 대회는 칼질 미션쇼인 만큼 칼질 과정과 칼질 결과물에 대한 평가가 50프로 비중을 차지합니다. 그리고 요리의 맛과 완성도가 40프로를 차지하고요. 마지막 10프로는 바로 여러분의 호응도인데요, 참가자들의 요리 과정을 보고 얼마나 관람객들이 좋아하고 호응을 보이는지에 대한 것입니다. 그러니 많은 호응 부탁드립니다. 하하. 자, 심사 기준은 설명했으니, 그럼 심사 위원 세 분을 만나볼까요? 엄청난 분들이 심사를 하러 와주셨거든요! 심사 위원님들!"

진행자가 심사 위원들을 큰 소리로 부르자 심사 위원들이 무대 위로 걸어 올라왔고, 스크린에도 심사 위원 세 사람의 얼굴이 비춰졌다. 그러자 관람객들의 탄성과 환호가 터져 나왔다.

"와! 이선우다!"

심사 위원 중 한 명은 바로 이선우였다.

이선우는 부드러운 미소를 띠고 관람객들을 향해 묵례를 했다. 그러자 관람객들은 더 환호하며 박수를 쳤다.

관람객들뿐만 아니라 호검과 다른 결승 진출자들도 예상치 못한 심사 위원 등장에 놀라워했는데, 특히 민선영은 이선우의 팬이었는지 함박웃음을 짓고 있었다.

'아, 이선우가 심사 위원이라······. 이선우 취향이 어떤지 잘 모르겠네······.'

호검이 살짝 걱정을 하며 다른 심사 위원들의 얼굴도 확인했는데, 다른 두 명도 익숙한 얼굴들이었다.

"여러분, 이선우 셰프님은 워낙 유명하시니 다 아시죠? 이따가 4시에 이선우 셰프님의 퓨전요리쇼가 진행될 예정인데요, 그 사이에 이렇게 칼질 미션쇼 결승전 심사도 해주시기 위해 특별히 참석해 주셨습니다. 그리고 다른 두 분도 아실 텐데, 어제 올푸드 요리쇼에서 중화요리쇼를 보여주신 서일주 셰프님과 서양요리쇼를 보여주신 한상민 셰프님입니다."

관람객들은 심사 위원들을 향해 박수를 보냈고, 심사 위원들은 곧 무대에서 내려갔다. 이어 진행자는 세 명의 참가자들을 간단히 인터뷰한 후, 곧바로 결승전 시작을 알렸다.

"자, 이제 칼질 미션쇼 결승전을 시작하겠습니다!"

칼질 미션쇼 결승전에서 요리를 완성하는데 주어진 시간은 1시간 20분이었다.

스크린에는 세 명의 결승 진출자의 이름과 도마 위가 비춰졌고, 스크린 위의 초시계는 80분에서 점차 시간이 거꾸로 가며 줄어들기 시작했다.

관람객들의 큰 환호를 받으며 세 명의 참가자들은 요리를 시작했다.

가장 먼저 주목할 만한 칼질을 선보인 사람은 민선영이었다.

그녀는 가장 먼저 오이 절반을 잘라 겉면을 돌려가며 카빙 나이프로 칼집을 넣기 시작하더니, 오이의 위에서부터 끝까지 마치 삐죽삐죽 나온 잎들을 만들듯이 카빙을 했다.

그다지 특별한 기술이 필요한 카빙은 아니었는데, 그녀는 이렇게 카빙을 한 오이를 소금을 탄 물에 담가놓았고, 그녀의 이런 행동은 관람객들로 하여금 궁금증을 자아내게 했다.

"물에다가 담가놓는데?"

"뭐 하려고 그러나? 근데 저게 무슨 모양이지?"

관람객들이 의아해하는데, 이어 그녀는 곧바로 당근을 카빙

하기 시작했다.

먼저 그녀는 당근을 크게 크게 잘라내 대강의 형태를 만들었고, 대강의 형태가 나오자 섬세하게 카빙을 해나갔다.

"지금 민선영 참가자는 뭘 만드는 걸까요? 네발 달린 짐승 같은데요? 맞나요?"

진행자가 민선영에게 묻자, 민선영이 고개를 끄덕이더니 아예 무엇을 만드는지 대답해 주었다.

"사슴 만드는 중입니다."

"오! 사슴이랍니다! 당근으로 얼마나 아름다운 사슴을 만들어낼지 기대가 되는군요!"

그런데 그때 문대영의 도마에서 경쾌한 칼질 소리가 시작되었다.

다다다다다.

사람들의 시선이 이제 민선영에게서 문대영으로 옮겨 갔다.

"와아! 역시!"

문대영은 중식칼로 오이, 당근, 양파 등 각종 채소를 순식간에 채 썰었다.

그는 새로운 채소를 채 써는 중간중간 중식칼을 돌려가며 현란한 손동작까지 보여주었다.

사람들은 그의 칼질하는 모습도 재미있었지만, 도마에 칼을 일정한 속도로 두드리는 소리가 굉장히 신나는 듯했다.

"채 써는 소리 너무 좋다! 무슨 음악 같아."

"균일하게 탁탁탁탁 나니까 이상하게 기분 좋은데? 그치?"

문대영은 채소 채썰기가 끝나자, 이번엔 오징어에 사선으로 칼집을 넣기 시작했다.

오징어에 칼집 넣는 속도도 대단했다.

오른쪽 사선으로 한번, 왼쪽 사선으로 한번 칼이 스윽 지나간 것 같은데 칼은 오징어에 수십 개의 칼집을 넣고 있었다.

문대영이 오징어에 칼집을 넣느라고 조용해진 사이, 이번엔 호겸의 도마에서 문대영의 칼질 소리보다 더 가볍고 경쾌한 소리가 들려오기 시작했다.

그리고 스크린에 비춰진 호겸의 도마를 본 관람객들이 지금까지 중에서 가장 큰 소리로 환호하며 박수를 쳤다. 또한 진행자도 흥분해서 소리쳤다.

"아니, 저건! 엄청난 칼질 고수가 아니면 못 한다는 바로 그……!"

*　　　*　　　*

착착착착착. 차자자자자작.

진행자는 호검 쪽으로 몸을 완전히 돌리고 오른손을 휙 들어 호검을 가리키며 이어 외쳤다.

"엄청납니다! 강호검 참가자, 그 어렵다는 연두부 채썰기를 하고 있습니다!"

"와아!"

관람객들이 환호하며 호검의 모습을 더 잘 보려고 몸을 들썩였다. 그러자 진행자가 관람객들을 진정시켰다.

"관람객 여러분, 진정하세요. 여기 스크린으로 보시면 됩니다. 앉으세요! 뒷자리 분들 안 보입니다!"

진행자의 말에 관람객들은 다시 자리에 앉았지만 고개는 쭉 빼고 눈을 크게 뜬 채 호검의 도마가 나오고 있는 스크린 영상을 쳐다보았다.

호검은 직사각형 모양의 연두부를 도마에 놓고 중식칼로 빠르게 채를 썰고 있었다.

어젯밤 호검은 어떤 칼질을 보여줘야 관람객들에게 가장 큰 인상을 줄 수 있을지 고민하다가 문사두부탕이 생각났다.

문사두부탕이란 옛날에 문사라는 스님이 처음 만들어서 전해져 내려온, 연두부와 버섯 등을 실처럼 가늘게 채 썰어 만든 음식이었다.

호검은 직접 문사두부탕을 먹어보거나 만들어본 적은 없었지만, 문사두부탕에 들어가는 연두부를 채 써는 동영상을 보고 연습해 본 적은 있었다. 그래서 그는 비장의 칼질쇼로 연두부 채썰기를 준비한 것이다.

그는 일단 먼저 연두부를 얇게 슬라이스되도록 재빨리 채썬 뒤 중식칼의 넓은 면으로 연두부를 부드럽게 쓰다듬어 눕혔다. 그다음 곧바로 다시 채썰기를 시작했다.

관람객들은 모두 그의 빠르고 가벼운 손놀림에 눈을 떼지 못했다. 관람객들 사이에서 수정과 재석도 눈을 크게 뜨고 호검의 연두부 채썰기를 지켜보고 있었다.

'아니, 저걸 할 수 있었단 말이야?'

'알수록 대단한 녀석이네!'

게다가 호검의 옆에 있던 문대영도 놀란 듯 오징어 칼집을 넣으면서 힐끔힐끔 호검을 쳐다보고 있었다.

진행자는 흥분해서 계속 호검의 모습을 중계했다.

"어제는 셰프나이프만 써서 잘 몰랐는데, 중식칼도 잘 다루네시요! 정말 대단합니다! 여러분, 이런 구경은 정말 하기 힘든 겁니다. 오늘 정말 잘 오셨네요. 하하."

호검은 눈 깜짝할 사이에 연두부 채썰기를 끝냈는데, 아직 그의 도마 위에 올려진 연두부는 가느다란 채의 모습을 숨긴 채 떨어지지 않고 뭉쳐져 있어 칼질이 제대로 된 것인지는 명확히 확인할 수가 없었다.

"채 잘 썰린 걸까?"

"연두부가 너무 부드러우니까 서로 뭉쳐서 채가 잘 안보이 네."

"이제 물에 담가서 확인해 볼 차례야!"

구경하던 관람객들의 말대로 호검은 앞에 준비된 물이 담 긴 그릇에 연두부 뭉치를 부드럽게 쓸어 넣었다. 그리고 젓가 락으로 가볍게 연두부 뭉치를 톡톡 쳐주자 연두부가 하늘하 늘 풀어지면서 실처럼 된 연두부 채가 모습을 드러냈다.

"와아! 정말 실처럼 가늘어! 대박이다!"

"저렇게 부드러운 것도 채가 썰리긴 썰리는 구나. 신기하다! 무슨 묘기 같아!"

관람객들이 박수를 치며 감탄을 하고 있는데, 호검이 갑자 기 도마 옆에 놓인 행주를 펼쳤다.

행주를 펼치자 그 안에는 바늘이 하나 놓여 있었다. 호검 은 행주 안에 놓여 있던 바늘을 들어 관람객들에게 보였다.

"어? 그건 바늘 아닙니까? 그걸로 뭘 하시려고요?"

궁금해하는 관람객들을 대신해 진행자가 호검에게 물었다. 그러자 호검은 빙긋 웃더니 바늘귀 부분을 연두부가 풀려 있 는 물에 슬쩍 담갔다가 재빨리 휙 뺐다.

그랬더니 바늘귀에 실 같은 연두부가 끼워져 따라 올라왔 다.

스크린에는 호검이 들고 있는 연두부 실이 끼워진 바늘귀가 클로즈업되어 보여졌고, 관람석에서는 엄청난 탄성이 터져 나왔다.

"우와!"

"진짜 바늘귀에 들어갈 정도로 가늘다니! 저 사람 진짜 대단하다!"

"물에서 단번에 바늘귀에 연두부 실을 꿴 것도 완전 신기해. 안 그래?"

"와, 진짜 기인이다, 기인!"

호검은 이 여세를 몰아 곧바로 다음 요리에 쓰일 생닭의 살을 발라내기 시작했다.

그는 커다란 중식칼의 끝을 닭의 뼈와 살 사이에 정확히 집어넣어 슥슥 살을 발라냈다. 관람객들은 연두부 채에 이어진 닭살 바르기도 집중해서 구경하고 있었다.

호검은 왼손으로는 닭의 뼈를 잡고 칼질이 쉽도록 이리저리 돌렸고, 오른손으로는 중식칼을 이리저리 휙휙 돌려가며 살을 발랐다.

이렇게 양손을 자유자재로 움직이는 호검의 모습을 보고 사람들은 또 한 번 놀라워했다.

호검의 닭살 바르기가 끝나자, 사람들은 우레와 같은 박수를 보내주었고, 다들 호검이 무슨 요리를 만들지 매우 궁금해했다.

그사이, 민선영의 당근 사슴이 완성되었다.

민선영은 당근 두 개를 이어 붙여 완벽한 사슴을 만들어냈는데, 완성된 사슴의 코에 빨간 고추의 끝부분을 잘라 씌웠다. 그러자 관람객들이 그 사슴이 무슨 사슴인지 대번에 알아보았다.

"루돌프 사슴인가 봐!"

"귀엽다!"

이어 민선영은 아까 소금물에 담가두었던 오이를 꺼내 손으로 칼집 낸 부분들을 다듬었다.

소금물에 담가두어 오이는 부드럽게 선영의 손이 닿는 대로 모양이 잘 잡혔고, 그녀는 그 오이를 흰색 원형 접시의 한가운데에 세웠다.

이 오이는 바로 크리스마스트리를 만든 것이었다.

"오! 민선영 참가자의 이번 요리는 크리스마스 컨셉인가 보네요! 트리에, 루돌프 사슴까지 있는 것을 보니 말예요!"

진행자가 추측해 말하자, 민선영은 활짝 웃으며 고개를 끄덕였다.

그녀는 이번엔 타원 모양의 토마토에 십자로 칼집을 깊게 낸 후 그 사이에 생모차렐라 치즈를 끼워 넣었다.

이렇게 토마토 몇 개를 만들더니 아까 트리와 루돌프가 가운데 자리 잡고 있는 접시의 한쪽에 가지런히 놓았다. 그리고 가느다란 부추를 놓아 마치 튤립 꽃이 엎어진 것처럼 데코를 했다.

관람객들 중 특히 여자들이 민선영의 데커레이션이 너무 예쁘다며 좋아했다.

이제 데코는 거의 끝이 났는지, 민선영은 드디어 스테이크용 소고기를 팬에 굽기 시작했다. 그런데 그때, 옆에 있던 문대영이 불을 일으키며 커다란 웍에 채소와 고기를 볶기 시작했고, 사람들의 시선이 다시 문대영에게로 옮겨 갔다.

문대영은 웍을 한 손으로 잡고 다른 손으로는 커다란 국자로 재료들을 기름에 볶았다. 향긋하고 고소한 향이 진동했고, 관람객들은 침을 꿀꺽 삼켰다.

"지금 문대영 참가자가, 돼지고기, 양파, 애호박, 당근, 청피망, 목이버섯을 넣고 마구 볶고 있습니다! 군침 도네요! 근데 그 옆에 양념해 둔 곤약은 안 넣는 겁니까?"

아까 대영은 곤약을 얇게 썰어 데친 후 간장, 참기름, 마늘에 양념을 해두었던 것이 있었는데, 그걸 넣지 않자 진행자가 오지랖을 부리며 대영에게 물었다.

그러자 대영은 넣지 않는다는 제스처로 고개를 가로저은 후, 관람객들의 시선을 의식한 듯 더 모션을 크게 하며 요리를 해나갔다.

호검은 이제 현란한 칼질쇼도 모두 보여줬겠다, 요리 완성에 온 힘을 기울일 차례였다.

그는 먼저 아까 가늘게 채 썬 연두부를 활용해서는 수프를 만들었는데, 흰색 연두부가 잘 보이도록 비트를 조금 갈아 넣은 크림수프를 만들었다. 그리고 그 위에 게살과 흰 연두부 채를 얹어 문사게살수프를 완성했다.

비트가 이뤄낸 핑크색 수프는, 그 빛깔이 여심을 자극하기에 충분했다.

또한 남성 관람객들은 아직도 아까 호검의 연두부 채썰기에 여운이 남아, 호검이 핑크색 수프에 연두부 채를 올리자 감탄사를 내뱉으며 계속 연두부 채 썬 이야기를 해댔다.

민선영과 문대영은 각자 한 가지 요리를 준비했지만, 호검은 채 썬 연두부로 만들 수 있는 것은 메인 요리로 하기에 부족한 것 같아 닭 요리를 하나 더 준비했다.

호검은 먼저 아까 뼈를 발라 적당한 크기로 잘라놓은 닭고기를 간장, 마늘, 로즈마리에 재워두었다. 그리고 옥수수 전분과 고구마 전분을 섞은 것에 물을 붓고 녹말을 가라앉힌 후 윗물은 따라버리고, 식용유를 넣어 튀김옷을 만들어 재워둔 닭고기에 입혀 바삭하게 튀겨냈다.

그리고 이어 호검은 소스를 만들기 시작했다.

문대영도 채소를 다 볶아낸 후, 소스를 만들기 시작했다. 그가 연겨자와 간장, 설탕, 식초, 참기름을 넣고 마구 휘저어

겨자 소스를 만들자, 관람객들은 뭘 만드는 건지 짐작이 간다는 듯 고개를 끄덕였다.

"양장피 잡채인가 봐!"

"맞는 것 같네! 저렇게 아까 썰었던 채소랑 데친 새우, 오징어, 해삼을 접시에 색깔별로 깔았잖아."

"곤약은 뭐지, 그럼?"

관람객들의 추측대로 문대영은 그다지 창의적인 편이 아니었던지라 원래 있던 요리인 양장피 잡채에서 양장피만 곤약으로 대체한 곤약 양장피 잡채를 준비했다.

양장피 잡채는 채소들을 균일한 모양, 균일한 굵기로 채 썰어야 하기에 그 정도 칼질을 보여주면 될 듯싶기도 했고, 무난한 메뉴라고 생각했기 때문이다.

어느새 시간은 흘러 10분 정도만 남았고, 이제 세 명 다 요리가 거의 완성되었다.

가장 먼저 완성한 사람은 문대영이었는데, 시간이 남자 그는 당근으로 장식용 장미를 깎고 있었다.

민선영과 호검이 마무리를 하는 동안 관람객들은 문대영의 당근장미를 구경 중이었다.

잠시 후, 드디어 주어진 시간이 끝나고 세 명의 요리가 따로 마련된 시식 테이블에 올려졌다.

심사 위원들은 시식 테이블로 다가와 섰고, 진행자는 세 명의 참가자에게 각자 자신의 요리를 소개할 시간을 주었다. 가장 먼저 스크린에 커다랗게 민선영의 요리가 보여졌다.

"먼저, 민선영 참가자, 요리 설명 부탁드립니다."

"네, 제 요리 이름은 '크리스마스 스테이크'입니다. 보기 좋은 떡이 먹기도 좋다는 말이 있죠? 전 그 말에 전적으로 동의합니다. 요리는 입으로만 먹는 게 아니라 눈으로도 먹는 것이니까요."

민선영의 말에 관람객들도 동의한다는 듯 고개를 끄덕였다.

"보시면 제 요리에는 크리스마스트리와 토마토 튤립, 그리고 스테이크 위에 하얀 눈 같은 크림소스가 얹어져 있습니다. 접시 안에 크리스마스 풍경을 담았지요. 게다가 이 장식들이 장식이면서 음식이기도 합니다. 이 오이 트리는 스테이크와 함께 드실 수 있고요, 요 토마토 튤립도 함께 드시는 거거든요. 아, 이 루돌프도 드시고 싶으면 드셔도 됩니다. 호호호."

"역시, 미술 전공자다운 플레이팅이네요. 게다가 먹음직스러워 보이기까지 하니, 크리스마스에 먹으면 더 행복할 것 같은 요리입니다. 그럼 다음 문대영 참가자의 요리 볼까요?"

진행자가 문대영에게 묻자, 스크린의 영상도 문대영의 요리로 바뀌었고, 문대영은 목을 가다듬고는 입을 열었다.

"제 요리 이름은 '곤약 양장피 잡채'입니다. 양장피 대신 곤약을 사용해서 양장피 잡채처럼 만든 것인데요, 사실 양장피는 전분으로 만든 것이라 살이 찔 수 있는데, 곤약은 칼로리가 없어서 이 곤약 양장피 잡채는 여성분들 다이어트 음식으로도 좋습니다. 갖가지 야채와 해산물, 거기에 돼지고기까지. 이 다양한 재료를 한꺼번에 맛보실 수 있고, 그래서 또 건강에도 좋습니다."

"오, 정말 다이어트 요리네요! 여러 가지 채소에 해산물과 고기도 들어 있으니 영양적인 문제도 없을 것 같고, 포만감도 있겠어요. 비주얼도 멋지고요. 자, 그럼 다음, 아까 신들린 연두부 채썰기를 보여주신 강호검 참가자는 그 실 같은 연두부로 어떤 요리를 만들었는지 볼까요?"

진행자가 이렇게 말하자, 스크린 영상은 문대영의 '곤약 양장피 잡채'에서 호검이 만든 두 가지 요리로 바뀌었다.

"강호검 참가자는 두 가지 요리를 만드셨네요! 어떤 요리들인지 설명 부탁드립니다."

"먼저 이것은 채 썬 연두부를 활용한 '문사게살비트수프'입니다."

호검의 동그란 그릇에 담겨 있는 핑크색 수프를 가리키며 말문을 열었다.

"비트를 넣어서 색이 아주 곱네요!"

"감사합니다. 연두부가 하얗기 때문에 그냥 우유로 수프를 만들면 연두부가 잘 보이지 않기 때문에 비트로 색깔을 넣어봤습니다. 그리고 옆에 이 요리는, 이 수프와 잘 어울리는 메인 요리로 구성해 봤는데요……."

호검이 핑크색 수프 옆에 기다란 접시를 가리키며 설명을 이어갔다.

  호검이 메인 요리로 준비한 치킨 요리는 카나페같이 한입 크기로 만든 것이었다. 기다란 접시에 엔다이브가 엇갈리게 일렬로 자리하고 있었는데, 엔다이브 잎 하나에 한입 크기의 치킨 하나와 데친 새우가 올려져 있었다.

  "이 요리의 이름은 음, '블랙탕수치킨'입니다. 엔다이브의 아삭함과 그 위에 바삭하게 튀겨낸 치킨을 얹고, 발사믹 식초를 활용해 만든 탕수 소스를 뿌렸습니다. 발사믹 식초가 검은색이 나기 때문에 탕수 소스도 이렇게 검은색이 나는 것이고요. 그리고 맨 위에 데친 대하를 얹고 잣 소스를 뿌려 고소한 맛을 더했습니다. 한입 드셔보시면 고소함과 달콤함, 상큼함, 아삭함을 모두 한 번에 느낄 수 있으실 겁니다."

호검은 저번 K호텔 요리 대회에서 처음 본 식재료인 엔다이브에 대해 공부를 해놓았었다. 그래서인지 이번 요리사의 돌이 알려준 레시피에는 엔다이브를 사용한 요리가 떠올랐던 것이다.

"그 작은 한입에 모든 맛을 담으셨군요! 좋습니다! 자, 그럼 이제 심사 위원분들의 시식과 평가가 이어지겠습니다."

진행자의 말에 심사 위원들은 각자 자신의 앞 접시와 젓가락을 가져와 세 명의 요리를 맛보기 시작했다.

관람객들은 세 참가자의 요리와 심사 위원들이 시식하는 모습을 군침을 흘리며 구경하고 있었다.

특히 관람객들은 다른 두 명의 요리는 이미 알던 요리와 비슷한 것들이어서 호검이 선보인 새로운 요리에 더 관심을 보이며 맛을 궁금해했다.

"문사게살비트수프는 색깔도 너무 이쁘고, 정말 부드러울 것 같아. 먹고 싶다……."

"저 메인 요리는 무슨 파티 음식 같다! 무슨 맛일까?"

"새우와 치킨인데, 탕수 소스라니! 저건 맛이 없을 수가 없어!"

진행자는 심사 위원들을 부러운 눈으로 바라보고 있는 관람객들에게 심사에 대한 설명을 추가적으로 했다.

"아까 세 분이 현란한 칼질 솜씨를 보여주셨는데요, 심사 위원분들은 그때 칼질을 보고 이미 칼질에 대한 평가는 마친 상태입니다. 그리고 지금 요리를 시식하고 나면, 요리 점수를 책정해서 칼질 점수, 관객 호응도와 합산한 후 최종 순위가 결정될 겁니다."

심사 위원들은 고개를 끄덕이기도 하고, 재료들을 각각 하나씩 맛보기도 하며 진지하게 시식에 임했다. 그중 특히 이선우는 호검의 요리에서 한참을 머물며 이리저리 요리를 살펴보고, 하나하나 신중하게 맛을 보았다.

호검은 얼굴에 티는 안 냈지만 그런 이선우를 속으로는 못마땅하게 생각하고 있었다.

'내 건 왜 저렇게 오래 맛을 본대? 아, 하필 이선우가 심사 위원이라니. 저 사람이 날 알 리는 없겠지만, 어쨌든 별로 나랑 좋은 인연은 아닐 것 같은데⋯⋯.'

호검이 이선우를 쳐다보다가 힐끗 관객석의 수정을 돌아보니, 수정도 심사 중인 이선우를 두 손을 모은 채 유심히 보고 있었다.

'뭐야, 설마, 이선우한테 반한 건가⋯⋯?'

호검은 애써 관리하고 있던 표정이 조금 나빠지려고 했다. 하지만 수정은 그저 호검의 요리를 심사하는 이선우를 관찰

하고 있을 뿐이었다.

'호검이 요리를 맛있다고 해야 할 텐데…… 표정을 알 수가 없네……'

수정뿐만 아니라 다른 관람객들은 대부분 심사 위원들의 표정을 읽으려고 애쓰고 있었다. 일부는 이선우가 멋지다며 칭찬을 하고 있기도 했지만.

잠시 후, 드디어 심사 평가의 시간이 되었다. 심사 위원들은 세 참가자의 요리에 각각 한마디씩 평을 해주었다. 먼저 중화 요리쇼를 보여주었던 서일주가 말문을 열었다.

"민선영 참가자의 요리는 데커레이션도 흠잡을 데가 없지만, 스테이크 고기도 미디엄으로 잘 익혀졌고, 토마토 모차렐라 맛과도 잘 어울렸습니다. 맛있었습니다."

첫 심사 위원의 평가가 좋게 나오자 민선영은 함박웃음을 지었다.

"당근 루돌프와 오이 트리, 토마토 튤립이 보기만 해도 기분 좋아지는 색을 만들어냈는데요, 스테이크 소스가 조금 아쉬웠지만, 전체적인 구성이 돋보인 요리였습니다. 수고하셨습니다."

서일주에 이어 서양요리쇼를 보여주었던 한상민도 무난한 평을 했는데, 마지막 평을 하게 된 이선우가 단호하게 말했다.

"음, 민선영 참가자의 '크리스마스 스테이크'는 단연 데커레

이선이 돋보였습니다. 어디에 내놓아도 손색없는 데커레이션이었는데요, 스테이크에 뿌린 화이트소스가 소스 자체는 맛있었지만, 고기와 함께 먹기엔 느끼했습니다. 그 점이 아쉽네요."

이선우의 평에 민선영 입가의 미소가 사라졌다. 하지만 이선우는 그런 반응은 신경도 쓰지 않는 눈치였다.

진행자는 곧바로 다음 참가자인 문대영의 요리평을 부탁했고, 서일주와 한상민이 연달아 말했다.

"데커레이션을 따로 하지 않아도 색색깔의 채소와 해산물이 그 자체로 데코인 음식이 바로 이 양장피 잡채죠. 채소들 채의 길이와 두께도 균일하게 잘 썰어졌네요. 이렇게 전체적인 재료의 두께가 비슷해야 먹을 때 식감도 좋고, 보기에도 좋지요. 음, 양장피 대신 곤약을 쓴 것도 좋았고, 볶은 채소와 고기도 맛있게 잘 볶였고요. 이 정도면 수준급 요리 같습니다."

"저도 흠잡을 데 없는 요리라고 봅니다."

극찬에 가까운 평에 문대영은 너무 크게 웃어 보이지 않으려고 참느라 입꼬리를 씰룩대고 있었다.

관람객들은 극찬에 환호를 잠시 보내다가 무표정의 이선우가 입을 열자 금방 조용해졌다.

"일단, 맛은 있었습니다. 하지만 그다지 새롭지 않은 메뉴였고, 겨자장에 참기름을 쓰신 것 같은데, 저라면 땅콩 같은 것을 써서 고소한 맛을 더했을 것 같습니다."

이선우는 퓨전 요리를 추구하고 새로운 요리를 좋아해서 그런지 곤약 양장피 잡채를 너무 평범한 메뉴라고 생각하는 것 같았다. 문대영은 이선우의 평에 조금 실망한 듯했지만 이내 표정 관리를 했다.

"자, 그럼 마지막 참가자, 강호검 참가자의 요리평 들어볼까요?"

진행자의 입이 떨어지자, 심사 위원들은 호검에게 앞선 두 참가자들에게 했던 평과는 조금 달리 적극적으로 질문도 하면서 평을 하기 시작했다.

먼저 서일주가 말문을 열었다.

"음, 중화요리에서는 게살수프를 육수에 전분 물을 풀어 만드는데, 문사게살비트수프처럼 이렇게 우유를 넣은 수프와도 게살이 잘 어울리네요, 연두부가 고소함과 부드러움을 한층 더 살려줬고요. 그리고 이 '블랙탕수치킨'은, 아까 치킨을 재울 때 봤는데, 간장과 허브를 함께 사용하더군요. 어떤 맛이 날까 궁금했는데, 먹어보니 두 가지의 조합이 꽤 괜찮네요. 닭고기 자체가 아주 향긋하면서도 감칠맛이 있어요. 또한 치킨과 대하에 뿌린 탕수 소스와 잣 소스가 어우러져 굉장히 맛있었습니다."

서일주의 말을 받아 한상민이 평을 이어갔는데, 서양 요리를 하는 요리사답게 외국 식재료들에 대한 이야기를 많이 했다.

　"발사믹 식초의 향긋한 느낌이 한층 소스의 맛을 살렸군요. 그런데 이 엔다이브는 원래 약간 쓴맛이 나는 걸로 알고 있는데 그런 맛이 없네요?"

　"네, 엔다이브는 쓴맛을 없애기 위해 레몬즙에 살짝 담갔다 사용했습니다."

　"오호라. 잘했네요. 두 가지 요리 다 양식의 코스 요리에 내어놓아도 손색이 없는 요리라고 평하고 싶네요."

　"감사합니다."

　호검은 극찬을 받자 저절로 꾸벅 인사가 나왔다. 관람객들은 호검에게 환호와 박수를 보냈고, 이제 이선우의 평만 남자, 웅성거리며 이선우를 쳐다보았다.

　"앞에 두 사람한테는 지적 좀 하던데, 이번 요리는 어떨까?"

　"날카로운 이선우 지적을 피할 사람이 있긴 할까? 이번에도 뭔가 지적을 하겠지."

　이선우가 앞선 두 가지 요리에 그저 그런 평을 한 터라 마지막 호검의 요리평은 어떻게 나올지 사람들은 굉장히 궁금해하고 있었다. 그런데 이번에 이선우는 꽤 부드러운 말투로 말문을 열었다.

"플레이팅도 깔끔했고, 수프와 메인 요리도 잘 어울렸습니다. 각각의 맛도 좋았고요. 특히 메인 요리인 '블랙탕수치킨'은 서양 재료를 사용해서 중화요리에 접목시킨, 훌륭한 퓨전 요리라고 평하고 싶네요. 아, 여기 올려진 데친 대하와 잣 소스는 한국식 대하잣즙무침을 활용한 것 같은데, 맞나요?"

"네, 맞습니다."

"그렇다면, 이건 한식, 양식, 중식이 모두 합쳐진 퓨전 요리로군요! 모두 합쳐졌는데도 거부감 없이 오히려 완벽한 조화를 이루고 있네요. 자칫 치킨이 느끼할 수 있는데, 담백한 대하와 새콤달콤한 소스, 아삭한 엔다이브가 맛의 균형을 이루면서 아주 맛있었습니다. 맛도 좋고, 조화도 좋고, 아이디어도 좋은, 멋진 요리입니다. 수고하셨습니다, 강호검 씨."

웬일로 이선우가 호검에게 극찬을 하더니 얼굴에 미소까지 띠었다.

게다가 호검의 이름을 말하며 호검에게 악수를 청했다. 호검은 이선우에 대해 좋지 않은 감정이 있었는데, 그가 이렇게 극찬도 하고 친절하게 나오자 얼떨떨했다.

'뭐지? 좋, 좋은 사람이었나? 아니지, 내 요리가 엄청 마음에 들었나?'

관람객들은 서로 수군대며 이선우가 호검을 극찬했으니 호검에게 점수를 엄청 잘 줬을 거라고 예측했다. 하지만 다른 두 심사 위원이 문대영의 요리에도 칭찬을 아끼지 않았기 때문에 결과는 알 수 없었다.

곧 심사 결과가 나왔고, 진행자에게 순위가 적힌 봉투가 전달되었다. 민선영과 문대영, 호검은 떨리는 마음으로 각자의 조리대 앞에 서 있었다.

"자, 여러분, 드디어 결과 발표만이 남았습니다. 제 손에 결과가 들려 있습니다! 여러분은 누가 1등이 되어 명예의 전당에 오를 것으로 예상하시나요?"

진행자의 물음에 여기저기서 세 참가자의 이름이 다 나왔다. 관람석이 시끌시끌해지자, 진행자는 손으로 진정하라는 제스처를 취한 뒤 웃으며 말했다.

"뭐, 여기 이 세 분 모두 누가 1등이 되어도 이의가 없을 정도로 실력들이 좋으신 것 같습니다. 자, 그럼 3위부터 발표하겠습니다. 3위는 바로…… 민선영 참가자입니다. 아쉽지만 축하드립니다. 3위도 대단한 성적이죠. 박수 부탁드립니다."

민선영은 어느 정도 결과를 예상했다는 듯 담담한 표정으로 3위 트로피와 부상인 조리 도구 세트가 담긴 007가방을 건네받았다.

민선영은 상을 받고 다시 자신의 자리로 돌아갔고, 진행자는 이제 조리대 쪽으로 와서 문대영과 호검의 사이에 섰다.

"이제 곧 우승자가 발표될 텐데, 결과가 어찌 될 것 같습니까, 문대영 참가자?"

마치 미스코리아 대회에서 마지막 두 명이 남았을 때 하는 질문을 따라 하는 듯한 진행자의 모습에 관람객들은 웃음을 터뜨렸다.

반면 문대영은 뭐라고 해야 할지 몰라 당황하며 머뭇거렸다.

"어……."

"아, 너무 떨려서 말씀을 못 하시나 보군요. 하하. 그럼 강호검 참가자 생각은 어떤가요?"

그러자 호검은 미스코리아 대회 참가자처럼 다소곳이 서서 차분히 대답했다.

"저였으면 하는 소망이 있지만, 제가 우승하지 못하더라도 최선을 다했으니 후회는 없습니다."

"오, 강호검 참가자는 대답도 연습해 오신 듯한데요? 하하. 좋습니다. 그럼 우승자를 발표하도록 하겠습니다. 호명되지 않은 분은 자동으로 준우승자가 됩니다. 2006 올푸드 요리쇼 제1회 칼질 미션쇼 최종 우승자는."

우승자을 발표한다는 말에 관람석은 순식간에 쥐 죽은 듯 조용해졌다.

"최종 우승자는, 다시 한 번 설명드리자면, 우승자에게는 이순금 중식도 트로피와 여기 칼 세트, 조리 도구 세트가 부상으로 수여됩니다. 또한 명예의 전당에 오르게 되며 칼질의 달인으로 내년 올푸드 요리쇼에서 칼질쇼를 할 수 있습니다. 그럼 정말 발표하겠습니다."

진행자는 이렇게 말하고는 관람객들을 한번 슥 둘러보고, 이어 호검과 대영을 한 번씩 번갈아 쳐다보고 입을 열었다.

"제1회 칼질 미션쇼 최종 우승자는."

그러자 어디서 효과음을 넣었는지 긴장감을 조성하는 '두구두구두' 하는 소리가 행사장에 울려 퍼지기 시작했다.

관람석의 수정도, 재석도, 무대 위의 호검과 대영도 우승자 발표를 앞두고 침을 꼴깍 삼켰다. 그리고 드디어 진행자가 이어 말했다.

"강호검 참가자!"

*   *   *

진행자가 호검을 호명하자 호검은 깜짝 놀라 진행자를 바라보았고, 관람객들은 환호성을 질렀다. 그런데 곧바로 진행자가 이어 말했다.

"강호검 참가자, 떨리시나요?"

"네?"

진행자의 장난에 호검은 허탈한 표정을 지었고, 관람객들은 진행자에게 야유를 보냈다.

"에이!"

"빨리 발표해요!"

관람객들의 격한 반응에 진행자가 멋쩍게 웃으며 얼른 다시 입을 열었다.

"아, 알겠습니다. 이렇게 궁금해하시니 제가 바로 발표하도록 하겠습니다. 제1회 칼질 미션쇼 최종 우승자는."

다시 한 번 관람객들은 숨을 죽이고 진행자의 입에 시선을 집중했고, 아까처럼 긴장감을 고조시키는 '두구두구두' 하는 효과음이 나기 시작했다.

1초, 2초, 3초.

"강호검 참가자! 정말 강호검 참가자가 우승입니다! 축하드립니다!"

진행자가 우승자로 호검을 호명하자 동시에 무대 스크린에 〈제1회 칼질 미션쇼 명예의 전당〉이라는 자막과 함께 호검의 얼굴이 커다랗게 등장했다.

호검이 우승이라는 말에 맨 앞에 앉아 있던 수정이 가장 먼저 수프링처럼 자리에서 벌떡 일어나 박수를 치기 시작했다.

관람객들은 이번엔 정말 우승자가 호검이라고 하니 다들 자리에서 일어나 박수를 치며 환호성을 질렀다. 일부 사람들은 호검에게 엄지를 척 들어 보이기도 했다.

호검은 정말 자신이 우승이라는 말에 감격해서 입이 차마 떨어지지 않았다.

무슨 대회에서 1등을 해본 것은 태어나서 처음이었다. 우승이라는 말에 가장 먼저 그의 머릿속에 떠오른 건 바로 양아버지인 강철수의 얼굴이었다.

'이 모습을 보셨으면 정말 좋아하셨을 텐데…….'

호검은 순간적으로 눈에 눈물이 핑 돌았다. 철수는 분명히 무척이나 기뻐했을 것이다.

호검이 아버지 생각에 살짝 눈시울이 붉어져 있는데 진행자가 말을 이었다.

"강호검 참가자가 굉장히 감격하셨나 보네요. 축하합니다. 자, 이로써 문대영 참가자는 자동으로 준우승이 되겠습니다. 문대영 참가자도 훌륭한 실력을 보여주셨습니다. 축하합니다. 준우승인 문대영 참가자에게도 큰 박수 부탁드립니다."

관람객들은 문대영에게도 축하의 박수를 보내주었고, 진행자는 트로피와 부상을 가져왔다. 그 사이 문대영이 호검에게 손을 내밀어 악수를 청했다.

"축하합니다. 실력이 대단하시네요."

"아, 감사합니다."

호검이 대영의 손을 잡고 흔들며 웃어 보였고, 사람들은 훈

훈한 둘의 모습에 더 큰 박수를 보냈다.

곧 진행자는 호검과 대영에게 각각 우승과 준우승 트로피를 전달했다. 순금 중식도 트로피는 가까이서 보니까 더 반짝이고 멋스러웠다.

'오, 멋있다! 거실 책꽂이 앞에 딱 세워두면 아주 멋지겠는데!'

1, 2, 3등을 한 호검, 문대영, 민선영은 함께 트로피를 들고 서서 기념 촬영을 했다.

이어 심사 위원들과도 기념 촬영을 했는데, 심사 위원들은 세 명의 참가자들과 한 명씩 악수를 하며 격려와 축하의 말을 건넸다.

이때도 이선우는 호검에게 웃으며 호의적인 태도를 유지했다.

"요리가 정말 좋았습니다. 퓨전 요리에 굉장히 재능이 있는 것 같아요. 근데 퓨전 요리는 여러 요리들을 다 잘 알아야 해서 굉장한 지식이 필요한데, 여러 요리를 접해보셨나 봐요?"

"감사합니다. 아직 정식으로 배운 건 별로 없습니다. 앞으로 더 열심히 해야죠."

"아직 정식으로 배우지 않았는데 이 정도 실력이라면 정식으로 배우면 굉장하겠는데요! 제가 긴장해야겠네요. 하하하. 축하드립니다."

호검은 이선우의 태도에 머리가 복잡했다.

〈오대보쌈〉을 망하게 한 푸드 칼럼니스트 이용혁과 친분이 있어 그를 배후의 인물 중 하나로 예상했던 호검의 생각이 완전히 빗나간 것일까.

'내가 누군지 전혀 모르는 눈치잖아? 만약에 그가 〈오대보쌈〉을 망하게 한 배후에 있었다면 이렇진 않았겠지. 하긴, 이용혁이 아는 사람이 한둘이 아닐 거야. 이선우는 그저 이용혁과 친분만 있는 사람일 수 있어. 사실 이선우가 그럴 이유가 없기도 하고.'

제1회 칼질 미션쇼 시상식이 모두 끝나고, 이선우는 곧바로 퓨전요리쇼를 준비하러 갔다. 관람객들도 곧 이선우의 퓨전요리쇼가 이어진다는 사실을 다 알고 있었기에 얼른 자리를 이동하기 시작했다.

호검이 시상식을 마치고 무대에서 내려오자, 수정은 폴짝폴짝 뛰며 호검에게 다가왔다.

"축하해, 축하해! 난 네가 우승할 줄 알았어! 연두부를 막 이렇게 채 써는데 완전 대박이더라!"

수정은 호검의 손놀림을 흉내 내면서 말했다.

"하하하. 고마워."

"네가 만든 그 '문사게살비트수프'랑 '블랙탕수치킨'도 맛이 정말 궁금한데……. 이선우가 그렇게 극찬할 정도면 얼마나 맛있다는 거야!"

"나중에 해줄게."

"나중에 언제?"

수정은 호검과 행사장을 걸어 나오면서 귀엽게 물었다.

그런데 그때, 문재석이 호검에게 다가왔다. 문재석이 호검의
어깨를 토닥이며 말했다.

"와, 호검아! 너 대단하더라. 축하해. 근데, 너 언제 중식 배
웠어?"

"고마워요, 형. 아뇨, 안 배웠어요. 곧 배워야죠. 하하."

"근데 무슨 중식칼을 그렇게 잘 써? 칼질은 또 어디서 배운
거야, 그럼?"

"아하하. 그게 제가 보쌈집 했었다고 했잖아요. 그때 연습
한 거예요. 칼질하는 걸 좋아해서 이것저것 동영상도 보고 하
면서 연습한 거예요."

"원래 재능이 있었나 보네. 그게 혼자 연습해서 그 정도 실
력 되기 쉽지 않은데…… 아무튼 다시 한 번 축하해."

호검은 재석에게 다시 한 번 감사 인사를 하다가 문득 중식
당 〈아린〉의 오너 셰프인 천학수의 비밀 레시피 이야기가 떠
올랐다. 호검이 잠시 물어볼까 말까 고민하다가 은근슬쩍 입
을 떼었다.

"저기, 형. 그 형이 근무하는 〈아린〉 말이에요."

"응, 왜? 중식 배우려고?"

"뭐, 그것도 그건데……."

호검이 망설이자 재석이 편하게 궁금한 점 있으면 물어보라고 했다.

"음, 그 천학수 셰프님 말이에요, 무슨 특별한 레시피 같은 거 있으시죠? 밑에서 일하는 사람들은 모르는 뭔가 비밀스러운 비법 같은 거 말이에요."

"당연히 있지. 우리가 모르는 게 많지. 안 알려주는 것도 있어. 수제자인 형만 아는 것도 있고."

"형도 그거 배우려고 〈아린〉에 취직하신 거예요?"

"모든 셰프들이 자신만의 비법이 다 있겠지만, 천학수 셰프님이 이쪽에선 좀 알아주시니까. 근데 난 비밀인 거 말고, 그냥 알려진 일반적인 거라도 배우려고 취직한 거지. 하하. 음, 사실 이건 비밀인데……."

"뭔데요?"

호검이 귀를 쫑긋하며 재석에게 가까이 다가갔다.

"어제 중화요리쇼도 원래 우리 천 셰프님한테 먼저 제안이 왔었는데, 거절하셨나 보더라고. 스케줄도 안 맞고, 천 셰프님이 요즘 굉장히 바쁘시거든. 그리고 뭐 이런 쇼에 별 관심이 없으신가 봐. 유명세나 이런 것보다는 요리에만 몰두하시는 스타일이시거든."

"아… 그래요?"

호검은 뭔가 비밀 레시피에 대한 얘기일 줄 알았는데, 살짝 실망했다.

말을 들어보니, 재석은 특별히 천학수의 비밀 레시피에 대한 정보는 없는 듯했다. 하지만, 천학수가 고지식한 스타일에 요리에 엄격하다는 사실은 알 수 있었다.

재석은 호검과 잠시 대화를 나누고 먼저 행사장을 나갔고, 수정과 호검은 곧바로 이선우의 퓨전요리쇼가 펼쳐지는 다른 행사장으로 이동했다.

"오늘 이선우 퓨전요리쇼는 방송국에서 촬영 온댔지?"

"응, 저기 봐! 카메라 다 세팅돼 있다!"

수정과 호검이 퓨전요리쇼 행사장 입구에서 안을 들여다보니 카메라와 방송에 필요한 세팅이 모두 되어 있는 상태였다.

"재밌겠다! 그치?"

수정은 기분이 들떠서 먼저 앞장서서 행사장으로 들어갔고, 호검은 이리저리 행사장 안의 사람들을 둘러보며 천천히 따라 들어갔다. 그런데, 호검의 눈에 익숙하지만, 반갑지 않은 얼굴이 띄었다.

'윽, 이용혁이다! 안 왔을 리가 없지.'

푸드 칼럼니스트 이용혁은 앞쪽 VIP석에서 주변 사람들과 악수를 나누며 인사를 하고 있었다. 호검은 그와 마주쳐서 좋을 게 없을 것 같았다.

이미 수정은 앞쪽 VIP석으로 거의 다 가 있는 상황이었다. 호검은 얼른 행사장 밖으로 돌아 나와 수정에게 전화를 걸었다. 수정은 호검의 전화를 받자마자 물었다.

―어? 호검아, 안 들어오고 왜 전화해?

"음, 나 좀 피곤해서 집에 먼저 가봐야 할 것 같아."

―이거 보고 가지……. 하긴 너 요리하느라고 피곤했겠다. 뭐, 그래. 너 부상으로 받은 그 007가방도 무거울 거고, 먼저 가. 이선우 퓨전요리쇼는 텔레비전에서 방영해 줄 테니까 그때 봐도 될 거야. 조심해서 잘 가. 잘 쉬고, 내일 보자.

"응, 먼저 가서 미안해. 내일 봐."

호검은 사실 결승전에서의 긴장감이 풀리니 피곤이 몰려온 상태이기도 했다. 그는 얼른 집으로 돌아왔고, 집으로 돌아오자마자 순금 중식도 트로피를 우선 아일랜드 식탁 위에 올려놓았다.

"여기다 두고 좀 봐야지. 흐흐흐."

호검은 싱글벙글 웃으며 순금 중식도 트로피를 쓰다듬었다.

＊　　　　＊　　　　＊

다음 날, 호검이 학원에 출근하자, 민석이 그에게 달려와 얼싸 안으며 등을 토닥였다.

수정이 이미 일찍 출근해서 호검의 활약을 고 셰프와 민석에게 신나게 얘기한 모양이었다.

"오, 우리 호검이! 칼질 미션쇼 우승했다면서? 이렇게 칼질 잘하는 인재를 우리 학원에서 썩히고 있었군! 하하하."

"썩히긴요. 잘 쓰고 있습니다. 하하하."

"아무튼 축하해. 내년 올푸드 요리쇼 단독 칼질쇼 예약이라니! 내년엔 스케줄 미리 빼놓고 반드시 가봐야겠구만!"

옆에 있던 고 셰프도 호검에게 몇 마디 건넸다.

"호검이가 칼질 미션쇼에 나간 줄 알았으면 그거 구경 갈 걸 그랬네. 다른 거만 실컷 구경했는데. 뭐 난 와이프가 구경하자는 거만 따라다녀서 선택권이 없긴 했지만 말이야. 하하하. 근데, 언제 그렇게 칼질을 연습했어? 차 강사가 그러던데, 연두부 채썰기를 했다며?"

"어릴 때부터 칼질하는 걸 좋아해서 조금씩 연습했거든요. 하하."

"오, 그래? 호검이는 재능도 있고, 노력파이기도 하군! 원장님, 호검이 나중에 아주 크게 되겠는데요?"

고 셰프는 이제 호검의 재능과 노력을 모두 인정하는 느낌이었다.

"아, 이번 주 목요일부터 피자 수업 시작이야. 알지?"

"네. 그럼요. 저 그럼 재료 준비하러 내려가 볼게요."

호검은 수정과 함께 파스타 실습실로 내려왔다. 수정은 어제 있었던 이선우의 퓨전요리쇼에 대한 이야기를 재잘대며 호검에게 말하기 시작했다.

"이선우 셰프 요리 시식했는데, 맛있더라. 근데 칼질은 네가 더 잘하는 것 같아. 이선우 셰프는 되게 천천히 칼질하더라고."

"뭐, 빠르다고 무조건 좋은 건 아니니까, 이선우 셰프도 빨리 하려고 하면 할 수 있겠지."

호검이 겸손하게 대답하자, 수정이 웃으며 말했다.

"오, 겸손한데? 근데 되게 느긋하게 요리하긴 하더라. 아무튼, 푸질리를 수제비 대신 사용해서 감자 수제비 비슷한 수프를 만들었는데, 맛있었어."

"그래? 나중에 텔레비전에 방영되면 봐야겠네. 언제 하지?"

호검과 수정은 냉장고에서 오늘 준비할 재료들을 꺼내며 계속 대화를 하고 있었는데, 갑자기 호검이 움찔하며 몸을 떨었다.

"어? 전화 왔다!"

호검이 들고 있던 식재료를 파스타 실습실 가운데에 있는 테이블에 얼른 내려놓고 휴대폰을 확인했다.

"모르는 번혼데……."

호검은 고개를 갸웃거리며 전화를 받았다.

"여보세요."

수화기 너머로 카랑카랑한 여자의 목소리가 들려왔다.

―안녕하세요, 강호검 씨 맞으시죠?

"네, 그렇습니다만……."

호검이 조심스럽게 대답하자, 상대방 여자는 한층 더 목소리를 밝게 하며 자신이 누구인지 밝혔다.

―아, 저는 한국신문 문화부 안주희 기잡니다.

"네? 기자요?"

호검이 기자라는 말에 살짝 경계심이 생겼다. 호검이 아는 기자는 푸드 칼럼니스트 이용혁밖에 없는데, 그에 대한 감정이 좋지 않기 때문일 것이다.

호검이 되묻자, 안주희가 웃으며 이어 말했다.

―호호호. 네, 기자요. 어제 올푸드 요리쇼 칼질 미션쇼에서 우승하셨잖아요. 우선 축하드립니다.

"아, 네……. 감사합니다."

―저희 문화계 소식에서 특별 기획으로 올푸드 요리쇼에 대해 기사를 준비 중인데요, 제가 칼질 미션쇼에 대한 기사를 쓰거든요. 그래서 우승자이신 강호검 씨 인터뷰를 좀 했으면 해서요. 가능하실까요?

"아… 인터뷰요……?"

호검은 인터뷰라는 말에 기쁘면서도, 한편으론 걱정이 되어 잠시 망설였다.

7. 새로운 수업

　옆에 있던 수정이 인터뷰라는 말에 눈이 휘둥그레져서는 호검에게 손짓 발짓으로 얼른 한다고 대답하라며 재촉했다. 안주희 기자는 호검이 망설이는 것 같자, 말을 덧붙였다.

　―부담 가지실 필요 없어요. 그냥 뛰어난 칼 솜씨는 어떻게 갖게 되신 건지, 요리는 얼마나 하셨는지 뭐 그런 간단한 인터뷰만 하시면 돼요.

　"음, 일단 제가 오늘 생각해 보고 내일 연락드려도 될까요?"

　―아, 그럼 제가 내일 오전에 다시 전화드리겠습니다. 인터뷰하시면 여러 가지로 득이 되실 거예요. 긍정적인 답변 기다

릴게요.

전화를 끊고 나자, 수정이 호검에게 흥분해서 말했다.

"아니, 당연히 해야지! 아무나 그런 인터뷰를 하는 게 아닌데! 그런 기회를 왜 망설여?"

"음, 좋은 기회긴 한데… 내가 사정이 좀 있어서 말이야. 사실 이 칼질 대회에서도 우승할 줄은 모르고 나갔던 거라……."

"우승할 줄 몰랐는데 했으면 좋은 거잖아? 근데 무슨 사정?"

"나중에, 나중에 말해줄게. 아무튼 고민 좀 해봐야겠다."

수정은 의아한 표정을 지었지만, 호검이 사정이 있다니까 더 이상 설득하려 하진 않았다.

호검은 인터뷰 요청이 처음엔 기뻤지만, 생각할수록 아직은 할 때가 아니라는 생각이 들었다.

올푸드 요리쇼에는 이선우도 참여했고, 그렇다면 그에 관한 기사는 푸드 칼럼니스트 이용혁도 볼 가능성이 높으니 말이다. 또한 한국신문은 수많은 사람들이 보기 때문에 이용혁이 아니라 배후의 인물이 호검을 알아볼 수도 있었다. 이용혁이나 〈오대보쌈〉을 망하게 한 배후 인물이 호검에 대해 아직도 어떤 관심(?)이 남아 있는지는 모르겠지만, 우선은 조심하는 것이 나을 것 같았다.

'그래, 아직은 아니야. 나중에 뭔가 더 확실한 요리 대회에서 얼굴을 알리는 게 나을 거야. 이건 칼 솜씨 위주의 대회였으니까.'

호검은 이번 인터뷰는 하지 않는 것이 낫다고 판단했고, 다음 날 정중히 인터뷰를 거절했다. 안주희는 아쉬워했지만, 다행히 더 이상 조르지 않았다.

＊　　　＊　　　＊

며칠 후 목요일, 피자 클래스 첫 수업이 시작하는 날이 되었다. 피자 클래스는 파스타 클래스처럼 일주일에 한 번씩 총 12주로 짜여 있었는데, 피자 수업은 보조 강사 없이 고 셰프가 혼자 수업을 했다.

수정과 호검은 피자 클래스가 시작되기 1시간 전, 파스타 수업에 필요한 식재료들을 1인분씩 나눠놓고 있었다. 그러다 수정이 리가토니를 한 줌씩 컵에 담으며 호검에게 물었다.

"호검아, 너 오늘 피자 수업 있지?"

"응."

"내가 고 셰프님 주의 사항 알려줄까?"

"정말? 뭔데?"

호검은 수정과 보조 강사를 하고 있지만 주로 재료 준비를 둘이서만 따로 하니 고 셰프와 많은 대화를 나눌 일도 없어서 그에 대해 잘 알지는 못했다. 게다가 호검은 일전에 고 셰프가 피자 수업 시간에 흥분해서 소리치는 것도 들었던 터라 미리 고 셰프에 대해 알고 수업에 들어가면 좋을 것 같았다.

"고 셰프님 되게 깐깐하시니까, 행동 하나하나 잘 봐둬야 해. 피자 반죽하고, 숙성시키고, 도우 펴고 이런 거 다 눈여겨 봐. 왜냐하면, 실습 때 고 셰프님 입에서 나오는 말은 '이렇게, 이렇게'밖에 없거든."

수정이 살짝 미소를 띠며 말했다.

"응? 그게 무슨 말이야?"

"고 셰프님이 이론은 굉장히 깐깐하게 가르쳐 주시는데, 실습 이론은 안 그래. 직접 보고 따라 해야지 말로 아무리 설명해 봤자다라고 생각하시거든. 그러니까 '이렇게, 이렇게 해라' 이 말을 반복하시면서 시범을 보여주신다는 거지."

"아하. 그럼 잘 보고 따라 하면 되겠네?"

"뭐, 그럼 되긴 하지. 근데 손을 어떻게 쥐고 몇 도 각도로 어떻게 하라든지 이런 설명을 해 줄 수도 있을 텐데, 그런 동작에 대한 설명은 좀 안 해주신다는 거야. 그러니까, 한쪽에서만 보지 말고 이리저리 잘 봐야 해."

호검은 수정의 말에 알았다는 듯 고개를 끄덕였다. 수정은 그 외에는 그냥 수업에 열심히 하는 모습을 보여주면 될 것이라고 조언해 주었다.

얼마 후, 호검은 피자 클래스 수업을 듣기 위해 위층으로 올라갔다. 피자 수업이 이뤄지는 피자 실습실에는 가운데 길고 커다란 인조 대리석 테이블이 놓여 있었다. 인조 대리석 테이블은 앉아서 식사를 할 때 사용하는 식탁이라기보다는 서서 피자 도우를 펼 때 사용하는 거라, 도우를 펴는 작업에 편리한 높이로 만들어져 있었다.

또한 개개인이 실습을 하긴 하지만 따로 조리대가 필요하지 않아서 단체로 이 인조 대리석 테이블에 둘러서서 피자 도우를 펴고 차례로 한쪽에 준비된 오븐에 피자를 넣어 굽는 식으로 수업이 진행되었다. 그래서 개개인이 각자의 조리대에서 실습을 하는 파스타 클래스보다 수강생들이 더 친밀하게 지내기에 좋았다.

호검이 피자 실습실에 들어서자, 이미 여섯 명의 수강생들이 와서 인조 대리석 테이블 주변에 둘러앉아 있었다. 피자 클래스 수강생들도 파스타 클래스 수강생들처럼 연령층이 다양해 보였다.

수강생들은 각자 피자 교재를 꺼내 훑어보고 있었는데, 아직은 어색한지 별다른 말을 하고 있지 않았다. 호검은 일단 그들에게 고개를 숙여 인사를 건네고 한쪽 끝에 자리를 잡고 앉았다.

몇 분 후, 피자 수업 시작 시간이 거의 다 되었을 때쯤, 한 남자가 헐레벌떡 피자 실습실 문을 밀고 안으로 뛰어 들어왔다.

"안녕하세요!"

남자는 20대 중반으로 보였는데, 들어오자마자 다른 수강생들에게 밝게 인사를 했다. 아직은 서로 어색한 분위기에서 앉아 있던 수강생들은 그의 밝은 인사에 조금 당황했지만, 남자는 아랑곳하지 않고, 편안하게 수강생들을 향해 말을 하기 시작했다.

"전 25살이고요, 장근호라고 합니다. 우리 친하게 지내요! 다들 이름이랑, 나이가 어떻게 되세요?"

장근호는 호검과 동갑이었는데, 호검은 근호가 붙임성 많고 쾌활해 보여서 일단은 호감이 갔다. 그건 다른 수강생들도 마찬가지였던지 근호의 물음에 하나둘씩 자신의 소개를 하기 시작했다.

"전 35살 김상아예요. 잘 부탁드려요."

"전 42살 오규철입니다. 음식점 체인 하다가 업종을 바꿔볼까 하고 이렇게 피자 배우러……"

몇몇이 소개를 하는 중에 수업 시작 시간이 되었고, 고 셰프가 시간에 딱 맞춰 피자 실습실로 들어왔다.

수강생들은 각자 자신의 소개를 멈추고 고 셰프에게 인사를 했다.

고 셰프도 함께 인사를 하고는 곧바로 피자 반죽을 하자며 반죽기 근처로 사람들을 불러 모았다.

"자, 여러분, 밀가루 반죽을 한 다음에 숙성을 시킬 시간이 필요하니까 일단 먼저 반죽을 해서 숙성 시켜놓고 그사이에 이론 수업을 하기로 하죠. 아, 각자 소개도 이따가 하고요. 이리 오세요."

수강생들은 각자 필기할 작은 수첩과 펜을 들고 고 셰프가 서 있는 반죽기 옆으로 모여들었다.

"이게 5kg까지 반죽할 수 있는 업소용 반죽기예요. 여기에 밀가루 등 재료를 넣고 기계 스위치를 켜면 이 갈고리 같은 게 휙휙 돌아가면서 반죽이 되죠. 일단 피자 도우 만드는 레시피를 알려 드릴게요. 이건 내가 이렇게 저렇게 만들어가면서 알아낸 가장 맛이 좋은 배합 비율이니까, 절대 다른 사람들 알려주지 말고 이 수업을 듣는 여러분만 알고 계세요. 아셨죠?"

"네!"

사람들은 맛이 좋은 배합 비율이라니 귀를 쫑긋 세우고, 손으로는 필기를 할 준비를 했다.

"일단 반죽에 들어가는 재료는, 밀가루 강력분, 물, 소금, 설탕, 생이스트, 달걀노른자, 올리브 오일이에요. 생이스트는 이렇게 미지근한 물에 풀어서 넣어줄 거고요."

고 셰프는 반죽기에 자신의 특별한 배합 비율을 알려주며 수강생들에게 각 재료의 적량을 저울에 달아 준비하도록 시켰다. 재료를 다 계량하자, 고 셰프는 강력분, 물, 소금 설탕, 생이스트를 풀어놓은 물을 넣은 후 반죽기의 스위치를 켰다.

"자, 재료는 여기까지 넣고 일단 1단으로 반죽을 시작합니다. 총 약 15분 정도 반죽을 할 건데요, 2분 정도 돌리면 어느 정도 반죽이 섞입니다. 그때 여기 노른자를 넣고, 3분 정도 후에 2단으로 올려서 여기 이 올리브 오일을 조금씩 넣어가면서 반죽하면 됩니다. 제가 하는 거 잘 보세요. 처음 몇 주는 제가 반죽을 해드리지만, 다음부터는 한 분씩 실습하게 되니까요."

수강생들은 반죽기 주변에 모여 고 셰프의 동작 하나하나 주의 깊게 관찰했다.

약 15분 후 반죽이 완성되자, 고 셰프는 조리복의 팔을 걷어붙이고 손을 깨끗이 씻은 다음, 인조 대리석 위도 마른행주로 깨끗이 닦았다. 그러고는 밀가루 반죽을 꺼내 인조 대리석 위에 척 엎어놓았다.

"자, 이제 도우를 약 200g으로 나눠서 공굴리기를 한 다음 숙성을 시킬 거예요. 200g으로 만드는 이 피자는 로마식으로 도우가 얇은 이태리 피자를 만드는 용이에요. 나폴리식은 도우가 조금 더 두껍기 때문에 300g 정도로 나누죠."

고 셰프는 반죽을 길고 커다란 구렁이처럼 늘여놓은 후 플라스틱 스크래퍼로 대충 일부를 잘라 전자저울에 올려놓았다.

그러자 전자저울에 정확히 200g이 표시되었다.

"와, 대단하시다!"

수강생들은 감탄했고, 고 셰프는 어깨를 살짝 으쓱거리며 말했다.

"아, 뭐, 가끔 이렇게 감이 정확히 맞을 때가 있죠. 저도 맨날 이렇게 200g 딱 맞추진 못해요. 하하하."

고 셰프는 이어 반죽을 계속해서 약 200g씩 잘랐고, 반죽을 다 나눈 뒤에는 공굴리기 시범을 보여주었다.

"자, 공굴리기를 해보죠. 잘 보세요. 이렇게, 이렇게."

역시 수정의 말대로 고 셰프는 계속 '이렇게, 이렇게'란 말만 반복하며 시범을 보여주고 있었다. 그는 일단 약 200g으로 자른 반죽을 양손으로 잡고 사방을 뒤쪽으로 접어가며 둥근 모양으로 만들었다. 그리고 왼손 위에 반죽을 올린 후, 오른손으로 반죽을 살짝 잡고 반시계 방향으로 몇 번 돌려주더니 완성이라며 숙성할 판에 반죽을 올려놓았다.

호검은 고 셰프의 손동작을 이리저리 고개를 돌려가며 열심히 지켜보았는데, 한두 번 보아서는 당최 알 수가 없었다.

'손 안에가 보이지도 않으니…… 어떻게 하는 거야?'

호검뿐만 아니라 다른 수강생들도 고개를 갸웃거리며 고 셰프의 손동작을 지켜보고 있었다. 수강생들은 서로 작은 소리로 서로에게 속삭였다.

"어떻게 하는 거지?"

"이렇게, 이렇게? 어떻게?"

수강생들이 난감한 표정을 짓고 있는데, 고 셰프가 수강생들을 향해 말했다.

"자, 이제 해봅시다."

수강생들은 자신 없는 표정으로 천천히 각자 반죽을 하나씩 집어 들었다. 그런데, 장근호는 다른 수강생들과는 달리 밝은 표정으로 반죽 하나를 덥석 집어 들고는 능숙한 손놀림으로 공굴리기를 하기 시작했다.

호검은 자신의 반죽을 보면서 어떻게 공굴리기 할까 고민 중이었기에 근호의 손놀림을 보지 못했지만, 호검을 뺀 나머지 수강생들의 시선은 장근호에게로 쏠려 있었다.

"와, 어떻게 하는 거예요? 이거 어디서 배웠어요?"

"아, 네. 공굴리기 좀 해봤어요."

장근호가 웃으며 대답했고, 고 셰프가 장근호 쪽으로 다가왔다.

"음, 잘했네? 어디, 다시 한번 해보세요."

고 셰프는 장근호의 바로 앞에 서서 장근호에게 공굴리기를 다시 해보라고 했다. 그제야 호검도 장근호의 공굴리기를 구경하러 그에게 다가왔다.

'뭐야, 엄청 잘하는데?'

다른 수강생들도 호검의 생각처럼 장근호가 굉장히 잘한다고 생각했고, 감탄하며 그의 공굴리기 동작을 지켜보았다. 고 셰프는 조용히 장근호의 공굴리기를 지켜보고 있다가 이윽고 입을 열었다.

"어디서 공굴리기 좀 해본 솜씨군! 잘하네요. 자, 이렇게 하시면 됩니다. 다들 이제 각자 자기 거 해보세요. 참, 호검아!"

고 셰프가 갑자기 호검을 불렀다. 호검이 갑자기 자기는 왜 부르나 싶어 깜짝 놀라 대답했다.

"네?"

"너라면 이것도 잘하겠지? 어디 한번 해봐, 공굴리기."

고 셰프는 호검에게 기대하는 눈빛을 보내며 말했고, 장근호를 포함한 수강생들의 시선이 이번엔 호검에게 쏠렸다.

*　　　　*　　　　*

'헉.'

호검은 고 셰프의 뜬금없는 요구에 당황했다. 게다가 모두

의 시선이 자신에게 쏠리니 더더욱 부담스러웠다.

"아, 전 이건 해본 적이 없어서요. 지금 셰프님이 하시는 거 처음 봤어요. 하하하."

호검이 멋쩍게 웃으며 말했다. 그러자 고 셰프는 기대가 무너져서인지 잠시 뚱한 표정을 짓다가 다시 말했다.

"뭐, 그래도 넌 뭐든 한 번 보고 금방 잘하잖아. 그러니까 한번 해봐."

"이건 정말 잘 못 하는데……."

호검이 난처한 표정을 지으며 일단 200g 반죽 하나를 집어 들었다. 그리고 그저 본대로 먼저 반죽의 양쪽을 뒤로 접어가며 대충 동그란 모양을 만들었다.

"그래, 잘하네!"

호검은 다행히도 일단 동그란 기본 형태를 만드는 데는 성공했고, 안도의 한숨을 내쉬었다. 그런데 동그란 형태를 잘 만들어내자, 다른 수강생들의 기대치가 다시 높아진 느낌이 들었다. 물론 고 셰프의 기대치도 다시 올라간 것 같았다.

"자, 이제 어디 공굴리기 한번 해봐."

호검은 자꾸 고 셰프가 재촉하자 하는 수 없이 왼손 위에 동그란 반죽을 올려놓고 아까 고 셰프가 하던 대로 손을 반시계 방향으로 돌렸다. 고 셰프의 눈치를 보며 몇 번 아무렇게나 손을 돌리던 호검은 어느 순간 손을 멈추고 반죽을 인조 대리석 테이블 위에 내려놓았다.

"잘 못 하겠어요. 열심히 연습해서 다음 시간엔 꼭 잘하도록 하겠습니다!"

"으잉? 그, 그래. 첫날부터 잘하는 게 이상한 거지. 근데, 자네는 이름이⋯⋯?"

고 셰프는 자신이 괜히 호검에게 부담을 주었나 싶어서 얼른 근호에게로 화제를 돌렸다.

"장근호입니다."

"몇 살입니까?"

"25살입니다."

"오, 여기 호검이랑 동갑이군. 근데, 뭐 제빵 같은 거 배웠나?"

"아, 피자허그에서 피자 만드는 일을 좀 했습니다."

"아하. 그래서 공굴리기를 잘하는 거군!"

다른 수강생들도 피자허그에서 일했다는 근호의 말에 왜 그가 공굴리기를 잘하는지 알겠다는 듯 고개를 끄덕였다.

"그럼 이따가 도우 펴는 것도 잘하겠고, 기본적으로 피자는 잘 만들겠구만! 기대해 보겠어. 자, 이제 공굴리기 연습 겸 실습합시다. 공굴리기 해서 여기 도우 박스에 넣어주시면 돼요. 이거 다 해놓고, 1시간 숙성될 동안 이론 수업, 아, 아니지, 그전에 각자 자기소개도 하고 인사도 나누고 하죠."

고 셰프는 추가로 몇 번 더 공굴리기 시범을 보여주었다. 하지만, 여전히 '이렇게, 이렇게'라고 설명하는 터라 그다지 도움이 되진 않았다.

'손가락을 움직이는 것 같기도 하고, 손바닥으로만 하는 것 같기도 하고… 아, 답답하네!'

호검은 대충 흉내만 내서 공굴리기를 했다. 물론 장근호를 뺀 나머지 수강생들도 호검과 사정은 마찬가지였다.

"아이, 이거 누가 한 겁니까? 이렇게 하면 안 돼요! 근호야, 이거 네가 좀 다시 해라."

고 셰프는 벌써부터 성격이 나오는 듯했는데, 그래도 아직은 첫 수업이라 참으려고 노력 중인 것 같았다. 고 셰프는 공굴리기가 제대로 안 된 일부 반죽은 자신이 다시 하고, 일부는 근호에게 다시 하도록 시켰다.

잠시 후 공굴리기가 모두 끝나고 도우를 숙성시키는 시간이 되었다. 도우를 숙성시키는 사이 수강생들과 고 셰프는 피자 실습실 한쪽 벽에 놓인 화이트보드 앞에 앉아서 대화를 나누기 시작했는데, 먼저 고 셰프는 수강생들에게 자기소개를 시켰다.

호검까지 포함해서 수강생은 모두 여덟 명이었는데, 호검과 장근호만 25살로 동갑이고 나머지 사람들은 다들 나이가 각양각색이었다. 하지만 다들 피잣집을 해볼 요량으로 이 수업을 들으러 왔다.

전업주부를 하다가 피잣집을 해볼까 하고 배우러 온 35살 김상아, 다른 음식 업종을 하다가 업종 변경을 해보려는 42살 오규철 등 수강생들은 모두 이태리 피자 만드는 법을 배워 피 잣집, 혹은 파스타와 피자를 함께 파는 음식점을 하려는 사람 들이었다.

장근호도 자기소개를 했다.

그는 유명한 피자 체인점인 〈피자허그〉에서 피자 만드는 일 을 조금 했다고 했다. 다른 수강생들은 자신들을 많이 도와 달라고 근호에게 부탁하기도 했다.

마지막으로 호검이 자신은 이곳 쿠치나투라 요리 학원에서 재료 준비하는 일을 하고 있다고 하자, 수강생들은 고개를 끄 덕이며 말했다.

"아, 그래서 고 셰프님과 아는 사이시구나."

"맞아요. 이 친구가 파스타는 되게 잘 만들어요. 아, 칼질도 잘하고."

고 셰프는 호검을 칭찬하며, 그의 자기소개를 거들었다. 모 두의 자기소개가 끝나고, 이번엔 고 셰프가 자신의 이야기를 하기 시작했다.

"아, 전 고운덕 셰프입니다. 전 이태리에 직접 가서 피자를 배워 왔어요. 근데 현지에서 이태리 피자를 먹어보면 엄청 짭니다. 이태리 사람들은 되게 짜게 먹거든요. 그래서 사실 제가 지금 가르쳐 드리는 피자는 이태리 피자와 스타일, 즉 도우가 얇다는 점과 기본적인 토핑이 비슷하긴 하지만, 한국식으로 제가 변형시킨 피자입니다. 원래 이태리 피자 도우 반죽은 강력분, 물, 소금, 올리브 오일 이렇게만 들어가거든요."

고 셰프는 한번 입을 열자, 계속해서 말을 했는데, 이태리 현지에서 있었던 일 등 여러 이야기를 하느라 1시간이 훌쩍 지나 버렸다.

"참, 그거 아세요? 우리가 지금 배우는 얇은 도우의 피자는 로마식인데, 조금 도톰한 나폴리식 피자가 있어요. 이탈리아 나폴리 지방에서 생산되는 피자를 말하는데, 그걸 이탈리아 정부에서 보호하겠다고 무슨 지침도 마련했답니다. 그래서 그 지침을 따라서 만드는 집만 보증서를 준대요."

"그런 게 있어요? 그 지침이 뭔데요?"

수강생들은 신기하다는 표정으로 고 셰프에게 물었다.

"여러 가지 조건이 있던데……. 무조건 일단 장작화덕에서 구워야 하고, 화덕 온도도 485돈가? 뭐, 그게 딱 정해져 있어요. 그리고 피자는 둥근 모양이어야 한다는데, 이태리에서는 네모나게도 만들고 도우 모양이 손으로 펴지는 대로 좀 자유로운 편이거든요. 아무튼, 그리고 손으로 반죽해야 하고… 아, 가장 중요한 건 도우 가장자리 크러스트 두께가 2㎝ 이

하, 피자 도우 가운데는 두께가 0.3㎝ 미만이어야 한다는 거죠. 위에 올리는 토핑도 토마토소스와 치즈만 사용해야 한다나?"

고 셰프의 설명에 수강생들은 다들 입을 쩍 벌리며 한 마디씩 했다.

"와, 엄청 까다롭네요!"

"자를 가져와서 만든 피자를 다 재나 보죠? 재밌네요."

"근데 그걸 어떻게 다 맞춘대요?"

그러자 고 셰프가 빙긋 웃으면서 말했다.

"인간이 못 하는 게 뭐가 있겠습니까? 다 하다 보면 되긴 됩니다. 얼마나 시간이 걸리느냐가 문제지. 하하하. 아, 벌써 시간이 1시간이 지났네요. 피자 도우도 숙성 시간이 너무 지나 버리면 과발효되어서 부풀었던 게 죽어버릴 수 있어요. 자, 이제 도우 한번 펴볼까요? 우리도 나폴리 기준으로 가운데 두께는 0.3㎝ 미만으로 펴봅시다. 하하하."

고 셰프는 농담을 던지며 겹겹이 쌓여 있던 도우 박스 쪽으로 갔다. 수강생들도 그를 따라 자리에서 일어났고, 고 셰프는 수강생들에게 일단 손을 씻으라고 했다. 그리고 자신도 손을 씻은 뒤 도우 박스를 가져와 인조 대리석 테이블 한쪽 끝에 올려놓았다. 그는 이어 어디선가 노란색 가루를 가져와서 인조 대리석 테이블 위에 부었다.

"엇. 이게 뭐예요?"

"고소한 냄새 안 나요?"

"킁킁. 옥수수 냄새 같은데요?"

"맞습니다. 이거 옥분이에요. 옥수수 가루!"

고 셰프가 테이블 위에 잔뜩 뿌려놓은 옥수수 가루는 노란 빛깔로 입자가 조금 거친 편이었다.

"이건 옥수수 가루를 좀 거칠게 간 것인데, 피자 도우를 펼 때 바닥에 붙지 않게 도와주고, 또 구웠을 때 고소함까지 더 해준답니다. 원래 이태리에서는 이 옥수수 가루 말고 세몰리나라고 밀가루를 거칠게 간 걸 사용하는데요, 전 이게 더 좋은 거 같더라고요."

"아하. 고소한 냄새가 좋네요, 정말."

"피자허그에서는 밀가루를 쓰는데⋯⋯."

장근호가 슬쩍 끼어들어 말했다. 그러자 고 셰프가 이어 설명했다.

"우리나라에서는 이 옥수수 가루 말고 그냥 밀가루를 사용하기도 해요. 근데 피자를 구운 후에 바닥 면에 밀가루가 그대로 묻어 있는 경우가 생길 수 있는데, 그럼 맛이 별로예요. 생밀가루 맛이 나죠. 하지만 이 옥수수 가루는 좀 묻어 있어도 오히려 고소한 맛이 나거든요."

고 셰프의 설명이 끝나고 드디어 그는 도우 펴는 시범을 보여주었다. 그는 먼저 도우 하나를 꺼내 옥수수 가루 위에 놓고 도우 전체에 옥수수 가루를 묻혔다. 그런 다음 동그랗게 부풀어 오른 도우를 꾹꾹 눌러 조금 납작한 호떡처럼 만들었다. 그리고 도우를 두 손 바닥으로 누르는가 싶더니 오른손을 바깥쪽으로 빠른 속도로 밀어내기 시작했다. 물론 그의 입에서 나온 설명은 아까와 같았다.

"이렇게, 이렇게. 이렇게 펴줘요."

순식간에 지름이 30㎝ 정도 되는 도우가 완성되었다. 수강생들은 눈이 휘둥그레져서 고 셰프를 쳐다보았다.

"아니, 30초도 안 걸렸는데, 도우가 그냥 펴졌네요? 와, 신기하다!"

"20초도 안 걸린 것 같은데요? 도우가 정말 동그랗다. 정원이야, 정원!"

고 셰프는 슬며시 미소를 지으며 동그랗게 펴진 도우를 들어 양쪽 손에서 이리저리 옮겨가며 옥수수 가루를 털어내는 동작을 했다.

"자, 이렇게. 이렇게. 도우에 붙어 있는 옥수수 가루를 털어내요. 이렇게 털어도 완벽히 다 털어내지는 못하니까 그래서 고소한 맛이 나는 옥수수 가루가 좋다는 거예요. 다들 잘 봤죠? 이제 실습해 볼까요?"

수강생들은 아까 공굴리기를 할 때처럼 난처한 표정을 짓다가 한 수강생이 얼른 용기를 내 말했다.

"한 번만 더 보여주시면 안 될까요?"

"그럴까요?"

다행히 고 셰프는 흔쾌히 시범을 한 번 더 보여주었다. 수강생들은 고 셰프의 손에 눈을 고정시키고 뚫어져라 시범을 보았다. 하지만, 다시 한 번 보아도 잘 모르겠는 건 마찬가지였다. 호검도 열심히 보기는 했는데, 다른 수강생들과 별반 다르지 않았다.

다시 한 번의 시범이 끝나고 곧바로 수강생들의 실습이 이어졌는데, 역시 여기저기서 난리였다. 호검은 고 셰프의 동작을 곱씹어보면서 매우 천천히 손을 움직이고 있었다. 수강생들은 자신들의 도우가 망쳐져 가자, 힐끗힐끗 옆 사람의 도우를 보다가 장근호의 도우를 보게 됐다.

"오, 역시 해본 사람은 다르네."

"아, 근데 도우 펴는 방식이 제가 하던 것과는 좀 달라서 저도 잘은 못 해요."

그래도 장근호의 도우는 고 셰프의 것과 얼추 비슷하게 펴져 있었다. 고 셰프도 그 정도면 괜찮다면서 만족스러워하는 듯했다.

반면, 대부분의 수강생들은 계속해서 도우를 망치고 있었다. 가운데 구멍이 나게 하는 것은 다반사였고, 구멍이 나지 않으면 반죽이 한쪽에 겹쳐져서 쭈글쭈글해지기 일쑤였다. 다행히도 호검은 천천히 해나가서 크기는 좀 작고 두께가 두꺼워서 그렇지 구멍은 나지 않게 만들고는 있었다.

"호검아, 더 펴봐. 아직 크기가 작다."

"아, 네……."

고 셰프의 말에 호검이 좀 더 펴보려다가 결국 호검도 가운데 구멍을 내고 말았다.

"아, 아쉽네. 뭐, 하다 보면 금방 늘겠지."

고 셰프는 말은 이렇게 했지만 조금 실망하는 눈치였다. 호검은 고 셰프가 그래도 호검에게 호감이 있는 상태라 오늘은 그냥 넘어간 것이라 생각했다.

'아, 다음 시간까지 이걸 꼭 다 마스터해 와야 하는데.'

고 셰프의 기대도 기대지만, 일단 피자를 만드는 데 도우와 관련된 기술이 가장 중요했기에, 이 기술을 빨리 습득해야 피자도 금방 마스터할 수 있을 것이었다. 호검은 걱정스러운 표정으로 생각에 잠겼다.

'고 셰프님은 이렇게란 말밖에 안 하시니……. 이걸 누구한테 가서 배워야 하나? 내 주변에 피자 배운 사람이 있던가? 수정이는 이 피자 수업을 듣진 않았다고 했는데.'

수정은 고 셰프의 수업을 들었던 것이 아니라, 보조 강사로 있다 보니 고 셰프 수업하는 걸 몇 번 본 적이 있어서 그에 대해 아는 것이라 했었다. 호검은 고민하다가 장근호를 쳐다보았다.

'동갑이고, 피잣집에서 일해본 경력이 있고, 공굴리기와 도우 펴기도 잘한다……. 쟤한테 가르쳐 달라고 할까?'

그런 생각을 하다가 호검은 문득 자신의 친구 정국이 떠올랐다.

'그래! 맞다! 오정국! 제빵 배우잖아! 공굴리기는 제빵에서도 하는 거니까, 그건 걔한테 배우면 되겠다! 좋아. 그럼 도우 펴는 건… 근데, 요리사의 돌은 이럴 때 써먹을 순 없나?'

*   *   *

호검은 요리사의 돌이 뭔가 도움이 되지 않을까 하고 거기에 기대를 걸어보기로 했다. 그래도 그는 피자 수업 시간 내내 도우 펴는 연습에 열중했다.

시간이 훌쩍 지나, 수업 시간이 30분밖에 남지 않았고, 망친 도우들은 한쪽에 쌓여가고 있었다. 게다가 이제 도우도 몇 개 남지 않은 상황이었다.

"자자, 오늘 연습은 이만 하고 피자 하나 맛보고 가죠."

고 셰프는 도우를 하나 순식간에 펴더니 토마토소스와 피자 치즈, 바질을 뿌렸다. 그리고 금세 도우를 하나 더 펴서 똑

같은 피자를 하나 더 만들었다.

"토마토소스 만드는 법은 다음 시간에 할 거예요. 자, 이게 마르게리타 피자입니다. 어디 구워서 맛을 좀 볼까요?"

고 셰프는 첫 번째 피자를 피자삽으로 단번에 슉 떠서 화산석 돌판이 깔려 있는 오븐에 집어넣으며 말했다.

"이렇게 삽으로 뜨는 것도 쉬운 게 아니에요. 삽이 잘못 들어가면 도우가 찢어질 수도 있거든요. 순간적으로 스냅을 잘 줘서 이 피자삽을 테이블과 피자 도우 사이에 스윽 잘 끼워 넣어야 하죠. 이렇게요."

고 셰프는 설명과 함께 두 번째 피자도 스윽 떠서 오븐에 집어넣었다. 수강생들은 이젠 고 셰프의 동작을 하나라도 놓칠세라 눈을 부릅뜨고 그를 쳐다보고 있었다.

"원래 이태리에서는 화덕에서 굽는데, 여기 학원에서는 오븐으로 구울 수밖에 없기 때문에 화덕 온도처럼 높은 온도에서 비교적 단시간에 구울 거예요. 330도에서 3, 4분."

잠시 후, 고소한 피자 냄새가 피자 실습실에 퍼지기 시작했고, 금방 피자 위의 치즈가 녹아서 울렁울렁 춤을 추었다. 가만히 피자삽을 들고 오븐 안을 보고 있던 고 셰프가 얼른 피자 두 판을 차례로 꺼내 피자 보드 위에 올려놓았다.

"자, 냄새 죽이죠?"

"네!"

고 셰프의 말대로 피자 냄새는 군침이 저절로 돌 정도로 좋았다. 고 셰프는 피자를 자르는 반달 모양의 칼로 탁탁 피자를 잘라 8조각을 냈다.

"한번 먹어보세요, 맛이 어떤지."

수강생들은 각자 피자 한 조각씩을 들고 맛을 보았다.

"와, 이거 진짜 맛있네요! 도우 바닥은 바삭하고, 토핑 부분의 치즈는 부드럽고요!"

"옥수수 가루를 왜 쓰는지 알겠어요. 도우가 고소한 맛이나요."

"이거 도우만 먹어도 맛있어요! 환상의 레시피가 맞네요, 정말. 살짝 달짝지근하면서, 질기지 않고 부드러운 빵 맛이에요."

수강생들은 저마다 감탄을 하며 피자를 맛보았다.

호검도 이전에 고 셰프의 칼조네를 먹었을 때는 안에 들어간 재료들 맛만 생각하느라 도우 맛은 그다지 생각해 보지 않았는데, 이번에 단순히 토마토소스와 치즈, 바질만 들어간 피자를 먹어보니 도우 맛을 제대로 느낄 수 있었다.

'와, 고 셰프님 연구 많이 하셨다더니 정말 도우가 맛있다……!'

고 셰프는 수강생들의 반응에 흐뭇한 미소를 짓더니 수강생들에게 맛을 보고 있으라고 하고는 잠시 밖으로 나갔다. 고 셰프가 자리를 비우자, 비로소 수강생들은 서로 편하게 대화를 나누기 시작했다.

"피자가 얇고 굉장히 맛있죠? 그쵸?"

"이렇게 얇게 펴니까 도우가 두꺼운 미국식 피자보다 훨씬 식감도 좋고 맛있는 거 같아. 바삭하면서도 부드러운 식감 말이야. 물론 도우 빵맛도 좋지만."

"근데 이걸 얇게 펴는 걸 잘 가르쳐 주셔야 하는데……. 전 아직도 잘 모르겠어요. 보여주셔도 잘 못 하겠더라고요."

김상아의 말에 오규철이 고개를 끄덕이며 맞장구를 쳤다.

"나도, 나도 그래."

장근호를 뺀 나머지 수강생들도 자기들도 잘 모르겠다면서 투덜거렸다.

"그래도 이거 도우 레시피 하나는 기똥차네. 이 레시피로 피자 만들어서 팔면 맛으로는 다른 피잣집들과 비교해서 뒤지지 않을 거 같아."

오규철이 맛은 인정해야 한다는 듯 말했다.

장근호는 그저 피자를 먹으며 그들의 대화를 듣고 있었는데, 한 수강생이 그에게 조심스럽게 물었다.

"저, 근데 근호 씨는 잘하시는 것 같은데 오늘 수업 끝나고 좀 가르쳐 주시면 안 돼요?"

그러자 다른 수강생들도 좀 가르쳐 달라고 말하기 시작했다. 그러자 근호는 잠시 난감한 표정을 짓다가 입을 열었다.

"죄송한데, 제가 이 수업 끝나자마자 알바가 있어서요. 시간이 안 되네요."

"그럼 다음 수업 시간 직전에는요?"

"빨리 올 수가 없을 것 같은데……. 근데 그냥 고 셰프님 하시는 거 보고 그대로 따라 하시면 되는데……."

근호의 대답에 다른 수강생들 모두 아쉬운 표정을 지었다. 호검은 혹시 근호가 가르쳐 준다고 하면 자기도 좀 껴서 배우려고 했는데, 근호의 눈치를 보아하니 알려줄 생각이 없어 보였다.

'흠, 알려주기 싫은가 보네.'

호검이 쓸쓸한 표정으로 있다가, 나머지 피자 한 판을 가리키며 다른 수강생들에게 물었다.

"이거도 잘라 먹을까요?"

"네, 그러죠. 아까 셰프님이 나가시면서 다 먹으랬으니까요."

호검은 반달칼을 슥 들더니 칼질의 고수답게 피자를 정확히 8등분했다.

"오, 아까 칼질 잘하신다고 하더니 이것도 잘 자르시네요? 호호호."

김상아가 웃으며 호검을 칭찬했다.

"아까 난 좀 작은 조각 먹었는데, 이번엔 8조각 크기가 완전

똑같네! 고 셰프님보다 잘 자르는데요? 허허허."

오규철도 피자 한 조각을 집어 들며 말했다. 그리고 아까 근호에게 도우 펴는 법을 알려줄 수 있냐고 물었던 수강생이 눈빛을 반짝이며 호검에게 말했다.

"참, 아까 뭐든 금방 배우신다고 그랬죠? 이 도우 펴는 것도 금방 하실 수 있을 것 같은데… 금방 잘하시게 되면 좀 가르쳐 주세요. 여기 보조 강사도 하신다면서요."

"아, 뭐. 잘하게 되면 잘 알려 드려야죠. 하하. 잘하게 되면요. 아직은 저도 잘 모르겠서……."

호검이 피자를 먹으며 멋쩍게 대답했고, 그때, 고 셰프가 다시 피자 실습실 문을 열고 들어왔다.

"자, 오늘 수업은 여기까지입니다. 다음 시간에는 당연히 공 굴리기와 도우 펴는 연습을 하고, 토마토소스를 만들어볼 겁니다. 여기 사용한 저울이나 피자 보드, 도우 박스 등은 원래 자리에 갖다 놓고 정리해 주시고 가시면 됩니다. 그럼 다음 시간에 봅시다."

8. Fast Learner I

　호검은 그날 일이 끝나자마자 민석에게 소스 수업을 받지 않고 곧장 집으로 향했다. 오늘은 정국이 이사를 들어오기로 한 날이었기 때문이다.

　집에 도착해 보니 정국이 이미 들어와서 짐을 푸는 중이었다. 호검은 정국에게 큰 소리로 환영 인사를 건넸다.

　"정국아! 입주를 축하한다!"

　"아! 내 룸메이트 왔군! 방은 다르니까 룸메이트는 아닌가? 아무튼 같이 잘 살아보자!"

　둘은 주먹을 맞대며 인사를 나눴다. 호검은 맨날 빈집에 들어오다가 이렇게 누군가가 있는 집에 들어오니 안 외롭고 훨씬 기분이 좋은 것 같았다. 호검이 정국이 지내기로 한 방을 두리번거리며 물었다.

"근데 짐은 별로 없네?"

"응, 나 전에 살던 데 풀 옵션이잖아. 큰 가구는 거의 없어."

"맞다, 그렇지! 뭐 도와줄까?"

"별거 없으니까 내가 혼자 해도 돼."

"그럼 내가 너 입주 축하 파티 겸 저녁상 차릴게."

"오케이!"

호검은 얼른 주방으로 가서 저녁 겸 파티 준비를 했다. 그는 오늘 정국이 이사 오면 축하 파티를 하려고 이미 어제 장도 다 봐두고 와인까지 준비해 둔 상태였다.

호검은 정국이 좋아하는 훈제 연어로 만든 샐러드와, 정국에게 맛을 보여주고 평가를 받기 위한 칼질 미션쇼 결승전에서 만들었던 '블랙탕수치킨'을 1시간 만에 후딱 만들어냈다.

"이야, 맛있는 냄새! 너, 나 온다고 많이 준비했구나, 짜식!"

"네가 좋아하는 훈제 연어도 준비했지!"

"와, 요리사 친구 좋구나! 게다가, 오늘의 술은 비싼 와인이야?"

"아니, 안 비싼 와인. 요즘 싼 거도 많아. 하하하. 그냥 분위기 좀 내려고 샀어. 얼른 와서 앉아."

정국이 차린 음식과 와인을 보고 좋아하며 식탁에 앉으려는데, 누군가 호검의 집 벨을 눌렀다.

딩동딩동.

"뭐지? 이 시간에 올 사람 없는데?"

호검이 깜짝 놀라 자리에서 벌떡 일어나며 말했다. 그러자 정국이 밝은 목소리로 대꾸했다.

"아, 있어! 내가 직접 내 입주를 축하할 사람을 초대했지! 하하하."

"으잉? 누군데?"

"수정이!"

정국은 얼른 가서 문을 열어주었고, 정국의 예상대로 문 앞엔 수정이 서 있었다.

"뭐야, 차수정! 너 아까 나한테 우리 집에 온단 말 안 했잖아?"

"서프라이즈 몰라? 서프라이즈!"

호검의 물음에 수정이 활짝 웃으며 집안으로 걸어 들어왔다. 그녀의 손에는 세제와 휴지가 들려 있었다.

"자, 이거. 집들이는 아니지만 너네 집에 처음 오는 거니까 빈손으로 오기도 뭣하고 그래서 사 왔어."

"어, 어. 고맙다."

호검은 조금 놀라긴 했지만, 수정이 찾아와서 기분이 좋았다. 수정은 호검의 집 주방을 둘러보며 말했다.

"와, 너네 집 좋다. 오, 역시 맛있는 거 많이 준비했네? 어? 이거 블랙탕수치킨이잖아? 맞지?"

"응. 잘됐다. 너도 이거 먹어보고 싶어 했잖아. 얼른 와서 앉아. 우리 막 먹으려던 참이었어."

호검은 잔 하나를 더 꺼내 수정이 앉을 자리 앞에 놓았다. 수정은 호검이 차린 음식들이 모두 맛있다며 감탄했고, 정국도 마찬가지로 호검의 요리를 극찬했다.

호검은 자신의 이번 요리가 평균 입맛인 정국과 여자 입맛인 수정의 입맛에 모두 맞는다니 무척이나 기뻤다.

셋은 아일랜드 식탁에 둘러 앉아 맛있게 음식을 먹으면서 함께 어린 시절 이야기도 나누고 요즘 사는 근황도 이야기했다.

와인이 좀 들어가자, 호검은 수정에게 궁금했던 것들은 물어보기 시작했다.

"참, 근데 수정아, 나 궁금한 거 있는데……"

"응, 뭔데?"

"음… 너 저번에 학원 앞에서 외제차 타고 집에 가던데, 남자친구 있는 거 아냐?"

호검이 단도직입적으로 물었다. 그러자 수정이 조금 당황하며 말을 더듬었다.

"아, 음, 그게……."

호검은 자신이 괜한 질문을 했나 싶어 다시 말했다.

"말하기 싫으면 말 안 해도 돼."

"아냐. 어차피 알게 될 거니까 말하지 뭐. 그 외제차, 남자친구 아니야. 나 남자친구 없어."

"그, 그럼?"

호검은 수정에게 남자친구가 없다는 말에 내심 속으로 안도했다.

"그거 우리 엄마 차야."

"아니, 어떻게? 너 완전 부잣집에 입양된 거야?"

정국이 흥분해서 소리 높여 물었다.

수정은 호검이 중학생일 때 고아원을 뛰쳐나온 후 얼마 안 있다가 고아원을 나갔다고, 정국에게 전해 들었었다. 하지만 자세한 내막은 몰랐다.

"음, 이게 믿기 힘든 일이긴 한데, 실은 우리 부모님이 날 어릴 때 잃어버리셨대. 근데 네가 고아원을 나가고 얼마 후에 부모님이 날 어찌어찌 찾으신 거지. 그래서 난 고아원을 떠나게 된 거고."

"와, 대박! 그래도 널 찾으셨다니 잘됐다. 근데 그럼 부모님이 그럼 엄청 부자신 거야?"

"그렇게 부자는 아니고, 그냥 중소기업 하셔."

수정의 부모님은 다시 찾은 딸이라 수정이 원하는 걸 뭐든 하게 해준다고 했다.

그래서 파스타를 좋아한 수정의 소원대로 학원에서 보조 강사를 하게 내버려 두는 것이었다.

"아, 그래서 요리 학원에서 일하는구나! 야, 근데 니들 둘이 같이 배워서 이태리 레스토랑 하면 좋겠다! 나 좀 가서 얻어먹게. 하하하."

정국의 말에 호검도, 수정도 별 반박을 하지 않고 있다가 호검이 화제를 돌리며 정국에게 물었다.

"참, 정국아. 너 제빵 배웠으니까 공굴리기 할 줄 알지?"

"그럼! 내가 쇠똥구리라는 별명이 있지. 동그랗게 하도 잘 만들어서! 내가 그건 참 잘하거든. 하하하."

정국은 와인을 마시고 취한 건지 한층 업된 목소리로 신나게 웃으며 말했다. 호검과 수정은 정국의 쇠똥구리 발언에 웃음이 터져서 정국을 따라 웃었다.

"하하하. 그럼 잘됐다. 너 그거 나 좀 가르쳐 줘. 내가 요리는 좀 감이 있는데, 밀가루 반죽은 아직 감이 안 오더라고."

"그래? 오케이! 지금 가르쳐 줄까?"

"아니야. 음주 수업은 사양할게. 내일도 있고, 모레도 있잖아."

지금 가르쳐 주겠다며 자리에서 일어서려는 정국을 호검이

도로 자리에 앉혔다.

이후로도 셋은 이런저런 대화를 더 나누었고, 화기애애한 분위기 속에 정국의 축하파티는 잘 마무리되었다.

호검과 정국은 수정을 바래다주고 다시 집으로 돌아왔는데, 정국은 피곤하다며 바로 자신의 방으로 들어가서 뻗어버렸다.

호검도 피곤하긴 했지만, 궁금한 게 있어서 자신의 방 서랍을 열었다. 서랍 안에는 요리사의 돌이 놓여 있었다.

호검은 일단 요리사의 돌을 손에 쥐었다. 그런데 지금까지는 어떤 요리 주제만 생각하면 새로운 레시피가 나오는 것만 알고 있었기에 뭘 어떻게 하려고 해야 도우 펴는 법을 알게 될는지 고민이 되었다.

'도우 펴는 법? 이렇게 생각해야 하나? 아니면 피자 만드는 법?'

곰곰이 생각을 해보던 호검은 돌은 쥔 채 오늘 낮에 보았던 고 셰프가 도우를 펴던 모습을 떠올려 보았다. 그런데 그 장면을 떠올리자, 고 셰프가 도우를 펴던 모습이 마치 동영상을 느리게 재생시킨 것처럼 그의 머릿속에서 천천히 재생되기 시작했다.

*　　　*　　　*

"어어? 뭐야, 이 표시는?"

호검의 기억 속 영상은 느린 재생만 되고 있는 것이 아니었다.

영상엔 빛나는 빨간색 화살표 여러 개가 함께 보였다. 심지어 화살표는 가리키는 방향으로 조금씩 왔다 갔다 하며 움직이고 있었다.

'웬 화살표가……?'

화살표는 고 셰프의 양손 위에 떠 있었는데, 그건 고 셰프의 손이 움직이는 방향을 알려주는 것 같았다.

고 셰프의 왼손은 왼쪽 방향의 화살표가 표시되어 있었고, 오른손은 오른쪽 방향으로 화살표가 표시되어 있었다.

'왼손도 같이 반대 방향으로 움직인다는 건가 본데? 어? 정말이네!'

고 셰프의 왼손도 미세하게 왼쪽으로 움직이고 있었다.

호검은 수업 시간에 반죽을 늘이는 손은 오른손이니까 고 셰프의 오른손만 뚫어져라 보고 있었기에 왼손의 움직임을 보지 못했던 것이다.

호검은 머릿속에 떠오른 영상을 따라 손을 움직여 보려 했지만, 오른손에 요리사의 돌을 쥐고 있었다.

그는 일단 영상을 잘 기억했다가 나중에 따라 해보기로 하고, 머릿속 영상에 집중했다.

'왼손은 좀 모은 상태로 왼쪽으로 조금씩 반죽을 당겨주고, 오른손은 손가락을 좀 펼친 상태로 오른쪽으로 더 크게 반죽을 밀어야 하는군.'

호검은 천천히 재생되는 머릿속 영상에서 나름의 이론을 발견해 가고 있었다.

고 셰프의 도우 펴는 영상이 끝나자, 이번엔 자신이 도우를 펴던 영상이 그의 머릿속에 떠올랐다.

호검 자신의 시선에서 본 것이니 그 영상에는 자신의 손과 도우만 보였는데, 그 장면은 작고 두꺼웠던 도우를 더 펴려고 하다가 구멍이 난 장면이었다.

'그때 왜 구멍이 났지? 내가 힘을 고르게 안 줘서 그런가?'

그 순간, 고 셰프의 도우 펴는 장면과 호검의 도우 펴는 장면이 동시에 떠올랐고, 호검은 두 장면을 비교해 보고는 단박에 문제점을 알아냈다.

"아! 손의 위치가 다르구나!"

고 셰프는 도우의 가장자리 부분에서만 손을 움직이며 도우를 폈고, 호검은 고르게 잘 편답시고 도우의 중앙 부분에서도 손을 움직이고, 가장자리 부분에서도 손을 움직이며 이쪽저쪽으로 도우를 폈던 것이다. 그리고 호검의 도우 가운데에 구멍이 났을 때는 손이 도우의 중심에 가깝게 들어온 상태로 도우를 펴고 있었다.

'오, 좋아! 내일 당장 학원 가서 연습해 봐야지!'

도우 펴는 연습을 하자면 밀가루 반죽이 많이 필요한데, 집에서 혼자 반죽하기는 힘드니까 호검은 학원에 있는 반죽기를 사용해 볼 요량이었다.

호검은 도우 펴는 방법도 어느 정도 알게 된 것 같자, 마음이 한결 편해졌다. 그는 내친김에 공굴리기 하는 것도 떠올렸고, 요리사의 돌로 금방 동작을 파악할 수 있었다.

호검은 요리사의 돌을 다 사용하고 나자, 손을 펼쳐 요리사의 돌을 사랑스러운 눈으로 쳐다보았다.

'재주가 많은 돌이네. 하핫. 괜히 요리사의 돌이란 이름이 붙은 게 아니겠지. 또 다른 능력도 있는 거 아냐?'

요리사의 돌은 그 안에 잠재된 능력을 기대하게 했다. 호검은 싱글벙글 웃으며 요리사의 돌을 여러 번 쓰다듬고는 다시 서랍에 넣어두었다. 그리고 그날 밤은 편안한 마음으로 잠자리에 들었다.

다음 날, 호검은 학원에 가서 사무실로 들어서자마자 고 셰프를 찾았다.

"고 셰프님!"

"어? 호검아, 왔어? 고 셰프님은 왜 찾아? 오늘 일 있으셔서 안 오신다던데."

호검이 사무실로 들어오자, 수정이 레시피를 모아둔 파일을 들춰보다가 말했다.

"아… 오늘 수업 없으시지, 참."

현재 쿠치나투라 요리 학원은 오픈한 지 3달 정도밖에 되지 않았기 때문에 수업들이 아직 많지 않았다.

금요일은 피자 수업이 없는 날이기 때문에 고 셰프는 가끔 자리를 비울 때도 있었다.

"근데 고 셰프님은 왜 찾아?"

"아, 나 밀가루 반죽 좀 해서 도우 펴는 연습 좀 하려고 하는데, 반죽기도 써야 하고, 피자 실습실에서 해도 되는지 허락 맡으려고."

호검이 이렇게 말하는 동시에, 민석이 사무실로 들어오다가 호검의 말을 들었다.

"연습해도 되고말고! 해. 하고나서 깨끗하게 치워놓기만 하면 뭐, 상관없어."

"안녕하세요, 원장님. 연습해도 돼요?"

"어, 그럼. 당연하지. 오늘 시간 여유 좀 있는 날이잖아? 오늘 할 일 다 하면 연습해도 돼."

"감사합니다!"

오늘 재료 준비 및 할 일들은 오후 2시쯤 끝이 났고, 호검은 피자 실습실로 올라갔다. 수정은 자기도 해보고 싶다며 호검을 따라 피자 실습실로 들어왔다.

"나 이거 반죽하는 거 왔다 갔다 하면서 구경은 몇 번 해봤는데."

"난 어제 딱 한 번 봤어. 하하하. 잘될는지 모르겠네."

"계량대로 넣으면 얼추 비슷하게 나오지 않을까?"

호검은 밀가루와 생이스트, 물 등 반죽에 필요한 재료들을 찾아다가 계량해서 반죽기에 넣었다. 잠시 후 반죽이 완성되자, 둘은 스크래퍼로 반죽을 200g씩 잘라 공굴리기 연습부터 시작했다.

어제 요리사의 돌이 가르쳐 준 바에 의하면 오른손으로 반죽을 가볍게 쥐고 반시계 방향으로 손을 돌릴 때 손가락들이 반죽을 움직이면서 반죽을 돌려주고 있었다.

호검은 그걸 떠올리면서 열심히 연습에 열중했다.

옆에서 수정도 그를 따라 공굴리기를 했는데, 수정은 손이 작아서 반죽을 왼손 위에 올리고 돌리기가 불편한지, 대리석 위에 반죽을 놓고 오른손으로만 돌리고 있었다.

수정은 몇 번 반죽을 돌리다가 아랫입술을 쭈욱 빼며 귀엽게 투덜댔다.

"아, 요리하기엔 손 작은 게 영 마이너스인 것 같아."

호검은 수정의 그런 모습이 귀여워 얼떨결에 속마음이 나와 버렸다.

"요리하기엔 좀 그럴 수도……? 근데 난 손 작으면 귀엽고 좋던데?"

"으응?"

수정은 호검의 말에 약간 당황하는 듯했지만, 곧 얼굴에 미소가 피어올랐다.

그녀는 자신의 반죽은 공굴리기를 멈추고, 호검이 하는 걸 구경하며 물었다.

"너 좀 잘하는 거 같은데? 어제 되게 못했다고, 어떻게 하는지 모르겠다더니? 하룻밤 사이에 무슨 재주가 생긴 거야?"

"그런 게 있긴 하지."

호검이 요리사의 돌이 떠올라 씨익 웃으며 대답했다.

"그런 게 뭔데?"

눈치 빠른 수정이 호검에게 뭔가 비밀이 있는 것 같아 보였는지, 재빨리 되물었다. 그러자 호검은 얼른 말을 다른 데로 돌렸다.

"으음, 아니, 그런 게 있다는 게 아니라… 밤에 누워서 곰곰이 생각해 보면서 시뮬레이션을 돌려봤거든. 너 그거 알아? 일반인들을 대상으로 실험을 했는데, 2주간 한 그룹은 직접 골대에 공을 넣는 연습을 시키고, 한 그룹은 가만히 누워서 골대에 공을 넣는 연습을 하는 상상을 하게 했대. 그런데 결과가 어떻게 나왔게?"

"음, 어떻게 나왔는데?"

"상상을 한 그룹이 공을 골대에 더 잘 넣었지! 나도 그런 거 아닐까? 하핫."

"오, 시뮬레이션이 효과가 있다는 거네! 신기하다! 그럼 난 시뮬레이션 좀 돌릴 테니까 넌 실습을 해. 이미 돌렸다며."

"아, 알았어. 하하하."

공굴리기 연습 후 도우가 숙성되자, 옥수수 가루를 인조 대리석 위에 뿌린 후 도우 펴는 연습이 시작되었다.

'오른손은 움직여 주면서 왼손은 거들고⋯⋯.'

호검은 속으로 어제 요리사의 돌이 알려준 정보를 유념하면서 손을 움직였다.

호검은 도우의 가장자리를 늘리면서 펴보다가, 비교를 해보려고 도우 중심부에서부터 전체적으로 다 도우를 늘려보기도 했다.

역시나 도우 중심부부터 전체적으로 늘려본 도우는 가운데 부분에 금방 구멍이 났다. 그리고 가장자리는 두꺼웠다.

"아! 이거 원심력 때문인가?"

호검의 생각에 도우의 가운데를 내버려 두어도 되는 것이 도우가 펴지면서 가운데 부분이 바깥으로 나가려는 힘이 있어서인 듯했다.

호검은 수십 개의 도우 반죽을 모두 직접 손으로 펴보며 감각을 열심히 익혔고, 수정은 여전히 그의 곁에서 시뮬레이션을 돌리며 구경을 했다.

호검은 그날 이후로 한두 번 더 연습을 해보았는데, 할 때마다 점점 더 속도도 붙고 도우 형태도 잘 잡혀갔다.

9. Fast Learner II

　일주일이 훌쩍 지나, 다음 목요일 피자 클래스 두 번째 수
업 시간이 돌아왔다.

　호검은 수업 시간보다 조금 일찍 피자 실습실로 들어갔는
데, 김상아와 오규철, 그리고 다른 수강생 두 명은 벌써 와서
수다를 떨고 있었다.

　"안녕하세요."

　"아, 호검 씨! 안녕하세요."

　호검이 인사를 하며 자리에 앉자, 다른 수강생들도 그에게
인사를 하고는 하던 이야기를 이어갔다.

"전 이태리 피자 만드는 법을 가르쳐 주는 학원 없나 찾다가 여길 발견했어요. 요즘 파스타 가게 잘되잖아요. 근데 파스타 가게에서 피자도 다 파니까…… 곧 파스타 수업도 들을 예정이에요."

"아하. 근데 이태리 피자 가르쳐 주는 곳, 여기밖에 없죠?"

"하나 더 있긴 한데, 거긴 무슨 창업하는 그런 걸 가르친다기보다 이태리에 있는 요리 학교랑 연계해서 배우고 그런 건가 보더라고요. 전 여기 광고에 파스타, 피자 창업 실무 가르쳐 준다기에 왔거든요."

"한국인의 입맛에 맞춘 이태리 피자를 만들어준다고 광고하던데 그 말은 딱 맞는 것 같아요! 저번 시간에 먹어보니까 아주 맛있던데요?"

"그쵸?"

그들은 자신들이 여기 수업에 오게 된 계기들을 서로 이야기 나누다가, 갑자기 김상아가 호검을 보며 물었다.

"우리가 여기 피자 클래스 2기라던데, 1기 분들은 다들 창업하셨대요?"

김상아는 호검이 보조 강사를 하고 있다기에 아는 것이 있나 싶어 물어본 것 같았다.

"아, 아직 1기 수업이 안 끝났어요. 우리 요리 학원이 오픈한 지 지금 3달 정도 됐는데, 초반에 한 2주는 모집하고 하느라 수업 시작은 3주쯤부터 했다더라고요."

"아, 그렇겠군요……."

수강생들은 같은 목적으로 모여서 그런지 벌써 친해진 듯 보였다. 잠시 후, 나머지 수강생들도 다들 도착했고, 수업은 시작되었다.

"자, 오늘도 일단 밀가루 반죽부터!"

고 셰프의 말이 떨어지기가 무섭게 수강생들은 척척 알아서 재료들을 계량했다.

"오, 이번 2기 수강생들은 알아서들 잘하네요. 좋아요!"

고 셰프는 수강생들의 적극적인 자세를 칭찬했다.

그리고 드디어 공굴리기 시간이 다가왔다.

고 셰프는 한 명당 5개씩 공굴리기를 하라고 하면서 자신은 시범만 몇 번 보여주고 수강생들이 하는 것을 지켜보았다. 이번에도 역시 장근호는 능숙하게 공굴리기를 했고, 호검 또한 그랬다.

고 셰프는 수강생들이 하는 모습을 보다가 호검이 해놓은 공굴리기를 들어 이리저리 살펴보더니 그의 공굴리기가 완성된 반죽 하나를 덥석 집어 들었다.

"한 주 만에 벌써 이렇게 마스터를 해 왔네? 역시 호검이야. 하하하. 자, 이거 보세요. 이게 정석입니다. 이렇게 바닥 면에 회오리 같은 무늬가 생겨야 반죽이 공굴리기가 제대로 된 것입니다."

고 셰프는 만족스럽게 웃으며 호검의 반죽을 수강생들에게 보여주었다. 수강생들은 금방 공굴리기를 마스터한 호검을 대단하다는 듯 치켜세웠다.

"진짜 뭐든 빨리 배우시는구나. 괜히 보조 강사 하시는 게 아닌 거지, 역시!"

"뭔가 진짜 요리에 감각이 있으신가 봐. 대대로 요리사의 피가 흐르는 뭐 그런 분이 아닐까?"

한 수강생이 조금 오버해서 말했는데, 고 셰프는 그 말이 오버스럽다고 생각하지 않았는지 호검에게 대뜸 물었다.

"정말, 참, 호검이 너네 보쌈집 했었다고 했지? 대대로 요리사의 피 정말 흐르나 본데? 하하하."

"그, 그런가요……."

호검이 현재 요리에 뛰어난 감각이 있는 것은 맞는 말이었다. 당연히 그게 양아버지인 철수에게서 내려온 것은 아니었지만.

근호와 호검을 제외한 나머지 수강생들은 아직 공굴리기를 겨우 2번째 해보는 거라 다들 버벅대고 있었다.

고 셰프는 그런 수강생들을 둘러보더니 호검과 근호를 향해 입을 열었다.

　　　　*　　　　*　　　　*

"둘이 한번 말해봐. 이 공굴리기 하는 데에 어떤 노하우가 있는 것 같아? 다른 수강생들한테 이게 포인트다 하고 알려줄 수 있는, 뭐 그런 거 말이야. 원래부터 잘했던 근호가 먼저 말해봐."

고 셰프의 질문에 근호는 잠시 생각을 하는 듯 눈을 이리저리 굴리다가 마침내 입을 열었다.

"전 공굴리기 시작한 지 1년도 더 넘어서 지금은 그냥 손이 기억하는 대로 하고 있는데요, 연습에 연습을 하다 보면 언젠가는 되더라고요. 저도 이거 잘하게 되는 데 꽤 오래 걸렸거든요. 음, 전 만두 모양을 만든다고 생각하고 했던 것 같아요."

"음, 끊임없는 연습과 만두 모양을 만든다는 생각, 이게 노하우라는 거지? 그럼, 호검인? 금방 잘하게 된 노하우 있어?"

"일단 연습이 가장 중요하다는 건 저도 동감합니다. 음, 그리고 제가 잘 안 됐던 이유를 생각하다가 하나 알게 된 사실이 있는데요."

"오, 그래? 그게 뭔데?"

고 셰프도 궁금한 표정으로 물었고, 다른 수강생들도 기대하는 눈빛으로 그를 쳐다보았다.

"우리는 반죽을 공굴리기하는 오른손을 계속 지켜보잖아요. 그런데 공굴리기의 비밀은 바로 반죽에 있었어요. 공굴리기를 하는 사람의 손이 아니라 반죽이 어떻게 이동하느냐를 보고 그 반죽을 그렇게 이동시키려면 손을 어떻게 움직여야 할까 이렇게 생각을 해봤거든요."

"오, 그래서?"

"반죽은 손바닥에 링 모양을 그리면서 이동하고 있었어요. 그러니까 반죽을 살짝 쥐고 왼 손바닥에 링 모양을 그리면서 손가락으로 끌어서 이동시킨다고 생각하니까 좀 쉽더라고요. 그렇게 하면 반죽 바닥 면이 살짝 끌려오면서 자연스럽게 반죽이 따라와서 바닥 면에 이런 회오리 모양이 생겨요. 이렇게요."

호검이 설명을 하면서 시범을 보였다.

"오, 이론이 꽤 그럴듯한데? 네 설명을 들어보니까 나도 천천히 하면 그렇게 하는 것 같네?"

고 셰프가 반죽을 하나 들어서 공굴리기를 해보더니 호검의 이론이 일리가 있다는 듯 말했다.

그러자 수강생들도 호검의 말대로 링 모양을 따라 왼 손바닥 면에 반죽을 끌듯이 반시계 방향으로 반죽을 돌려보기 시작했다.

"와아! 대박!"

수강생들은 손쉽게 동그란 만두 모양을 만들어내고는 탄성을 질렀다.

"와, 이거 내가 한 거 맞아?"

"그 이론대로 움직이니까 쉽네요. 아직 완벽히 손에 익진 않았지만, 그 이론이 맞는 것 같아요!"

고 셰프도 수강생들이 방금 공굴리기 한 반죽들을 보더니 괜찮다며 고개를 끄덕였다.

"난 사실 이걸 이태리에서 막무가내로 배우고, 막무가내로 연습을 죽어라 했거든. 그저 열심히 보고 손동작만 열심히 따라 했었지. 근데 이렇게 실기를 잘 분석해서 이론화시키다니! 캬, 호검아, 너 정말 천재 아냐? 머리 엄청 좋은가 봐!"

"아, 그냥 이렇게 저렇게 해보다가 운 좋게 알게 된 거예요."

호검이 겸손하게 말했다.

이건 요리사의 돌 덕분이었으니까. 어제 요리사의 돌을 쥔 채 고 셰프의 공굴리기 영상을 떠올리자 고 셰프의 손은 뿌옇게 처리되고 반죽만 선명하게 보이면서 화살표가 둥근 링 모양으로 표시 되었었다.

호검은 그것으로 반죽의 이동에 집중해서 공굴리기를 분석해 낼 수 있었던 것이다.

"근데, 빨리 하는 사람들은 안 그런 것 같던데?"

장근호가 슬쩍 끼어들어 물었다. 그러자 호검은 웃으며 대답했다.

"내 생각엔, 이걸 연습하다 보면 점점 손이 빨라지고, 링 모양을 작게 그리면서도 이 만두 모양을 만들어낼 수 있게 되는 거라고 생각해. 그러니까 빨리 하는 건 이걸 열심히 연습하면 될 거야."

호검의 말에 고 셰프도 맞장구를 쳤다.

"그래, 맞아. 처음부터 빨리 하는 사람은 없지. 나는 이거 하도 해서 이렇게 하는 거고. 자, 그러니까 수강생 여러분, 이제 연습합시다. 자기가 한 것들 중에 모양 이상한 거 다시 좀 다듬어봐요."

수강생들은 이제 어느 정도 모양이 비슷하게 나오자 신이 나서 공굴리기를 다시 하기 시작했고, 노하우를 알려준 호검도 좋아하는 그들의 모습에 뿌듯했다.

호검은 이런 노하우는 요리에서 기본 칼질을 가르쳐 주는 것 같은, 기초적인 부분이기 때문에, 괜한 경쟁심으로 노하우를 안 알려주거나 할 필요는 없다고 생각했다.

또한 노하우를 안다고 모두 다 그걸 잘하게 되는 건 아니었다. 무엇이든 연습과 노력이 가장 중요하니까 말이다.

이날 고 셰프는 숙성하는 동안 토마토소스를 함께 만들며 설명을 해주었다.

"피자에 들어가는 토마토소스는 그냥 끓이지 않고 생으로 만드는 게 더 신선한 맛을 줍니다. 이것도 역시 내가 여러 번 만들어보면서 터득한 거예요. 뭐, 근데 이건 취향의 차이일 수도 있으니 끓여서 사용하실 분들은 여기 넣는 재료 그대로 한번 끓여서 사용하시면 돼요. 아, 아니면 파스타 시간에 배우는 토마토소스 있죠? 그걸 그대로 사용하셔도 되구요."

수강생들은 고개를 끄덕이며 열심히 필기를 했다. 토마토소스가 완성되자, 토핑에 쓸 감자를 잘라 굽기 시작했다.

"지금 우리가 배우는 로마식 피자는 도우도 얇고 고온에서 단시간에 굽기 때문에 항상 위에 얹는 토핑을 익혀서 넣어야 해요. 안 그러면 안 익습니다."

그는 감자를 구우면서 화덕피자에 대한 이야기도 해주었다.

"화덕에서 피자를 구우면 그 불맛이 있어서 맛있는데, 난 개인적으로 오븐도 괜찮다고 생각해요. 오븐은 피자 전체를 고르게 잘 익혀주니까. 화덕에서 불이 센 쪽에 있는 부분은 좀 검게 타기도 하거든요. 그래서 중간중간 피자를 돌려주어야 해요. 그게 좀 귀찮기도 하죠."

1시간이 훌쩍 지나, 이제 도우를 펴볼 시간이 되었다. 고 셰프가 인조 대리석 위에 옥수수 가루를 부으면서 호검에게 물었다.

"호검아, 도우 펴는 것도 연습했지? 마스터했어?"

"아, 뭐, 대충요. 하하."

"이야, 재능에, 노력에 다 갖췄네! 어디 한번 볼까?"

고 셰프가 호검이 기특하다는 듯 호검의 등을 두드리며 말했다. 수강생들도 도우 펴는 방법을 알 수 있을 것이라는 기대감에 신이 나서 호검에게 부탁했다.

"보여주세요, 호검 씨. 궁금해요!"

호검은 도우 박스에서 도우 하나를 꺼내 옥수수 가루를 전체적으로 듬뿍 묻혔다. 그리고 호떡처럼 꾹꾹 눌러 기포를 뺀 후, 두 손을 도우에 얹고 도우를 펴기 직전의 준비 자세를 취했다.

수강생들은 그의 곁으로 모여들어 다들 그의 손에 집중했다.

호검이 슥슥 손을 놀리자, 도우가 쭉쭉 늘어나며 금세 넓게 펴졌고, 수강생들은 입을 쩍 벌렸다.

"와아! 대박!"

"완전 동그랗고 크게 잘 펴졌다!"

"이걸 한 주 만에 다 마스터하셨다니 정말 대단하세요!"

고 셰프도 엄지를 척 들어 보이며 흐뭇한 미소를 지었다.

"또 노하우 있어요? 어떻게 해야 잘 펼 수 있는지?"

수강생들이 마구 질문을 해댔고, 호검은 차근차근 펴는 방법을 쉽게 설명해 주었다.

이번에도 수강생들은 바로 그를 따라 도우를 펴기 시작했는데, 도우 펴기는 공굴리기보다는 아무래도 기본적으로 어려운 것이라 그런지, 몇 명은 성공하고 몇 명은 아직 좀 도우가 쭈글쭈글하게 펴졌다.

하지만 그래도 구멍이 난 사람은 없었고, 첫 시간보다는 다들 훨씬 나아졌다. 그들은 이렇게 나아졌다는 것만으로도 만족해했다.

"고마워요, 진짜, 호검 씨 덕분에 금방 배우겠다!"

"맞아요! 내가 1기 수업 들으려다가 시간이 안 돼서 2기 수업 들었는데, 2기 수업 듣길 정말 잘했네요!"

옆에 있던 고 셰프는 호검이 잘해서 다른 수강생들을 잘 가르쳐 주는 것이 좋은 모양이었다.

"나도 보조 강사 하나 쓸까? 이렇게 멋진 보조 강사가 있으면 수강생들도 좋고, 나도 편하고 말이야. 하하하."

고 셰프는 앞으로도 배울 것이 많다며 기본적인 이런 것들은 빨리 잘하면 좋다고 했다.

"뭐, 근데 처음에 좀 못하더라도 이건 매주 해볼 테니까 피자 클래스 12주가 끝나면 다들 도우는 눈 감고도 펼 수 있을 거예요. 하하. 여러분들 집에서는 이런 반죽으로 따로 연습하기 힘드시니까 그냥 여기 수업 시간마다만 열심히 하세요. 노하우도 알게 되셨으니 12주 끝나기 전에 다들 잘하게 될 겁니다."

고 셰프는 이제 각자 도우 펴기를 연습하라고 했다. 수강생들은 첫 시간보다는 성공 확률이 확연히 높아졌고, 그러니 수업 분위기도 더 좋아졌다.

그런데 그때, 장근호가 피자 도우를 갑자기 허공에 던졌다. 장근호의 옆에서 도우를 펴던 김상아가 깜짝 놀라 한 발짝 뒤로 물러섰다.

다른 수강생들도 뭔 일인가 싶어 근호를 쳐다보았다. 장근호는 허공에 던진 도우가 아래로 떨어지려고 하자, 중간에 왼손으로 척 받아 들더니 손목을 휘휘 자유자재로 돌리며 도우를 돌리기 시작했다.

허공에 던질 때는 좀 작은 원형 도우였는데, 근호가 손을 옮겨가며 몇 번 돌리자, 금세 커다란 도우가 되었다.

"오!"

"와!"

근호의 손과 도우는 도우를 던질 때를 빼고는 거의 붙어 있는 듯 도우가 휘휘 돌아가면서도 그의 손을 벗어나지 않았다.

수강생들은 신기해서 도우를 펴던 손을 멈추고 그의 도우쇼를 환호하며 지켜보았다. 근호는 수강생들의 열띤 반응에 으쓱해져 더 신나게 도우를 돌려댔다. 호검도 신기한 듯 그의 모습을 지켜보았다.

'멋있네. 피자허그에서 도우 좀 돌려봤나 본데? 음, 저것도 요리사의 돌이 알려주면 나도 금방 할 수 있겠지?'

호검이 근호의 손동작을 유심히 살피며 이런 생각을 하고 있는데, 고 셰프가 근호를 제지했다.

"에이, 잘하긴 하는데, 여기선 그렇게 펴는 거 안 돼. 내가 가르쳐 준 대로 펴."

장근호는 고 셰프가 잘한다고 칭찬을 해줄 줄 알았는데 오히려 별로 달가워하지 않자, 조금 의기소침해져 도우를 내려놓았다.

"죄송합니다."

"아니, 죄송할 건 아니고… 도우 돌리는 거 잘하긴 잘해. 근데 나는 내 원칙이 있거든. 도우쇼는 그저 보여주기 위한 거지 진짜 도우를 펴는 데 사용하기는 그다지 좋은 방법은 아니라고 생각해서 말이야."

"왜요? 이거 원심력을 이용해서 펴는 거라고 하던데요?"

오규철이 궁금증을 참지 못하고 끼어들어 물었다. 그러자 고 셰프가 부연 설명을 했다.

"음, 원심력을 이용하니까 가운데 부분이 많이 늘어나서 가운데가 계속 얇아지고 바깥쪽은 두꺼워서 고른 두께의 도우가 되지 않고요, 또 도우를 돌릴 때 도우에 붙어 있던 가루가 이리저리 날려서 주변이 지저분해지기도 하고, 도우를 돌리면서 옷이나 이런 데 닿으면 위생적으로도 좋지 않아서 그렇습니다. 그냥 제 개인적인 의견이에요. 하지만 여긴 제 수업 시간이니까 제 뜻을 따라주셨으면 좋겠습니다."

고 셰프는 청산유수로 안 좋은 이유를 설명하자, 수강생들은 일리가 있다는 듯 고개를 끄덕였다.

고 셰프가 안 좋은 점을 많이 얘기하자 근호는 무안해져서 표정이 굳고 말았다. 하지만 곧 고 셰프는 좋은 점도 말해 주었다.

"근데 도우쇼는 멋있죠. 근호가 잘하긴 하네요. 아, 이건 먹는 도우 만들 때 말고, 도우쇼로서 하면, 창업해서 피잣집 할 때 한 번씩 보여주면 사람들의 눈길을 끌 수 있으니 좋은 마케팅 방법이 될 수 있어요. 지금도 수강생 여러분이 다들 시선을 못 떼고 구경했잖아요?"

"네, 맞아요. 멋있었어요. 신기하기도 하고요."

수강생들도 이구동성으로 외쳤다. 그제야 근호도 표정이 풀리며 옅은 미소를 지었다.

"아, 파스타랑 피자를 같이 할 분들은 피자는 이런 도우쇼를 하고, 파스타는 와인으로 불 붙이기나 팬에 스냅을 줘서 면을 섞어주는, 그런 거 하시면 돼요."

고 셰프는 말이 나온 김에 사람들을 끌 수 있는 방법에 대해 이야기해 주었다. 그러자 수강생들도 하나씩 농담처럼 거들었다.

"오, 그런 거, 한식에서는 전 뒤집기 스킬이 있죠. 하하하."

"중식에서는 가늘게 채썰기? 불쇼? 그런 게 있고요."

"일식스킬은 회 뜨기일까요?"

"모든 요리의 필살기는 맛 아니겠습니까? 맛이 좋으면 사람들을 끌 수 있죠. 안 그렇습니까, 셰프님?"

마지막으로 오규철이 정리하자, 수강생들은 신나게 웃으며 그의 말에 동의했다. 고 셰프도 오규철의 말이 맞다는 듯 크게 웃으며 고개를 끄덕였다.

"자, 그럼 이제 도우 펴기도 얼추 다 연습했으니, 오늘은 각자 한 판씩 구워볼까요? 오늘 만들 피자는 포테이토 피자예요. 포테이토 피자에는 사워크림이 정말 잘 어울리죠! 얼른 만들어봅시다!"

고 셰프의 말에 수강생들은 들떠서, 마치 드라마에 나오는 이태리 주방의 보조 셰프들이 대답하듯이 큰 소리로 대답했다.

"네, 셰프!"

10. 미식가의 입맛을 사로잡다!

호검의 파스타 만드는 실력은 점점 늘어가고 있었다. 처음부터 맛있게 만들었으니까 늘어간다는 것은 사실 새로운 파스타 레시피를 습득해 나가고 있다는 의미였다.

호검은 이제 파스타 만들기나, 파스타의 맛, 파스타에 많이 쓰이는 허브 같은 이태리 식재료에도 익숙해졌다. 게다가 피자 만들기도 배운 지 4주밖에 되지 않았지만 벌써 익숙해져 가고 있었다.

오늘도 호검은 파스타 실습실에서 파스타 재료 준비를 하고 있었는데, 수정이 잠깐 사무실에 올라갔다가 다시 파스타 실습실로 들어왔다. 그녀는 힘없이 터덜터덜 걸어 들어와서 호검의 옆에 털썩 주저앉으며 말했다.

"우리 이제 바빠지겠어."

"응? 왜?"

"원장님이 이태리 코스 요리 클래스에 하실 레시피랑 과정 다 짜셨대. 곧 시작하실 모양이야. 그럼 파스타 재료뿐만 아니라 이것도 다 준비해야 하거든. 근데 문제는 이태리 요리 클래스가 고기 요리, 생선 요리, 전채 요리 등 엄청 다양하다는 거야. 그래서 수업도 한 주에 2번으로 잡으셨어."

수정이 걱정스럽게 말했다.

원래 피자 수업도 파스타와 같은 주에 시작되기로 했었는데, 일정이 밀려 늦게 시작되었다. 그리고 메인 요리 클래스도 곧 개설될 예정이었는데 민석이 갑자기 메인 요리만이 아니라 전체 이태리 코스 요리 클래스로 바꾸겠다며 새로 레시피와 수업 내용을 짜는 바람에 아직도 개강을 못 하고 있었다.

호검은 드디어 이태리 코스 요리를 제대로 배울 수 있다는 생각에 신이 나서 물었다.

"정말? 이야, 드디어 배우는구나! 아, 디저트 클래스도 같이 하면 좋을 텐데……. 저번에 디저트 클래스는 외부 강사 초빙하실 거랬는데, 아직 못 구하셨나?"

호검은 사실 마음이 급했다. 그가 배울 요리가 앞으로 산처

204 탑 레시피가 보여

럼 쌓여 있었기 때문이다. 그는 얼른 이태리 요리를 마스터한 뒤 중식, 일식, 궁중요리 등 다양하고 많은 요리를 배워야 했다. 4년 안에.

그런데, 수정이 호검의 말을 듣더니 한숨을 쉬며 대꾸했다.

"휴우. 안 그래도 디저트 클래스 수업 가르쳐 줄 후배도 구하셨대. 그것도 곧……."

"정말? 아싸!"

호검은 자리에서 벌떡 일어나 만세를 부르며 좋아했다.

"정확한 건 아닌데, 저번에 파스타 레시피 완성된 다음 1, 2주 안에 개강하셨어. 그러니까 얼마 안 남았지. 그래서 큰일이라는 거야. 이거 재료 다 준비하려면, 으아……. 게다가 난 이태리 코스 요리 전체를 다 잘 알진 못해. 내가 원장님이 짜신 거 슬쩍 봤는데, 아, 정말 엄청나게도 짜셨더라. 전채 요리, 샐러드, 쥬파, 디저트, 커피, 와인 등 완전 빡세게 짜셨어. 중간중간 외부 강사 초빙도 하실 거라고……. 근데 난 그렇게 자세히까지는 모르거든. 그래서 걱정이야."

"어? 난 네가 다 알 줄 알았는데? 너도 몰라? 그럼 우리 어떻게 해?"

"물론 메인 요리 몇 가지는 아는데, 잘은 몰라. 디저트도 그렇고……."

호검도 이제 걱정이 되기 시작했다.

둘은 걱정이 되어 재료 준비하는 손놀림이 느려졌다. 예전 같으면 벌써 다 끝마쳐야 할 재료 준비를 둘은 꽤 오래 하고 있었다.

'그래도 메인 요리만 가르쳐 주는 것보다 이렇게 전반적인 이태리 요리를 배우는 게 배우는 입장에선 더 좋긴 해. 근데 재료 준비는, 뭘 알아야 할 텐데. 게다가 수업 보조도 하려면…….'

수강생들은 원장님이 어려워서 그런지, 돌아다니면서 도와주는 보조 강사들에게 더 많은 질문을 했기에 보조 강사들도 꽤 많은 지식이 필요했다.

물론 수강생들이 그렇게 어려운 질문을 하는 것은 아니었지만 말이다. 그러니 호검과 수정이 이렇게 걱정을 할 수밖에.

호검와 수정이 바로 이어질 수업의 재료 준비를 거의 다 마쳤을 때, 수정의 핸드폰에 문자가 왔다. 문자는 민석이 보낸 것이었다.

[차 강사, 재료 준비 다 끝났으면 사무실로 호검이랑 같이 좀 올라와 봐.]

민석은 원래 가끔 직접 내려오는 게 귀찮거나 하면 수정에게 문자로 호출을 하기도 했었다.

"무슨 일이시지? 이태리 코스 요리 클래스 오늘 내로 일정 확정하신다더니 벌써 정하셨나?"

"벌써? 설마. 아무튼 올라가 보자."

수정과 호검은 남은 일을 얼른 마무리하고 사무실로 올라갔다.

"원장님, 재료 준비 다 끝냈어요."

"아, 그래? 둘 다 이리 와서 앉아봐."

민석이 사무실 한편의 상담 테이블로 수정과 호검을 불렀다. 둘은 민석의 맞은편에 앉았고, 민석이 먼저 호검을 보고 말문을 열었다.

"호검아, 차 강사한테 들었지? 이태리 코스 요리 클래스, 곧 개강할 거라는 거."

"네. 정말 곧 개강하시게요?"

"음, 아마도. 근데 좀 걱정인 부분이 있어서, 둘 다 올라오라고 했어."

"뭐 때문에 그러세요?"

민석의 말에 호검이 조심스럽게 물었다. 그러자 민석이 이번엔 수정을 보고 질문을 던졌다.

"차 강사, 이태리 코스 요리에 대해서 얼마만큼 알아?"

"음, 아주 기본적인 것들만요. 그냥 코스 요리가 어떤 순서로 준비되고 그에 따른 메뉴들 몇 가지 정도……. 그런데 와인, 커피 이런 것들은 잘 몰라요."

"호검이는?"

"전 거의 몰라요."

"근데 호겸인 천재잖아? 금방 다 익힐 수는 있겠지? 파스타랑 피자도 교재도 금방 외우고 실습도 금방 잘했잖아. 안 그래?"

민석이 호겸을 슬쩍 떠보듯 물었다.

"음… 파스타나 피자, 이런 것들은 어떤 경계가 정해져 있으니까 좀 수월했던 거 같아요. 준비 중이신 이태리 코스 요리 클래스 수업 내용이 되게 광범위하다고 수정이가 그러던데요……."

"내가 욕심이 많아서 거기에 다 욱여넣긴 했지. 이태리 코스 요리라는 게 이태리 요리의 전반적인 모든 게 들어가는 거라서, 뺄 게 없더라고. 하핫. 아무튼, 그래서 말인데……."

민석이 말끝을 흐리자, 호겸과 수정이 민석의 입에서 무슨 말이 나올지 궁금한 듯 조금 긴장해서 숨을 죽이고 그를 쳐다보았다.

"내가 생각을 해봤는데 말이야, 수정이라도 이 내용을 좀 알면 어떻게 그냥 바로 개강하겠는데, 둘 다 잘 모르니 재료 준비도 그렇고 수업 보조하기도 좀 힘들 것 같아."

민석의 말에 호겸이 대뜸 넘겨짚어 물었다.

"혹시, 새로 보조 강사 하나 더 뽑으시려고요?"

"음, 그럴까?"

민석이 장난스럽게 대꾸하더니 금방 이어 말했다.

"장난이야. 보조 강사는 둘이면 충분하지. 그게 아니라, 이 태리 코스 요리 클래스 개강은 조금 미뤄두고, 너희 둘한테 먼저 강의를 해주려고, 보조 강사가 먼저 다 알아야 할 내용들이니까. 그리고 너희들이 한번 배우면 수업 준비하는 데 훨씬 수월할 거야."

"정말요?"

수정과 호검은 새로 보조 강사를 뽑을까 하던 민석의 농담에 얼굴빛이 잠시 좋지 않았었는데, 먼저 수업을 해주겠다는 민석의 제안에 화색이 돌았다.

"파스타 클래스 하나 이번에 종강했잖아. 그리고 호검이 같이 보조 강사 한 뒤로는 한 명이 하던 걸 둘이 하니까 시간 여유 좀 생겼고. 맞지? 둘 다 매일 1시간 정도씩은 여유 되겠지?"

"네, 될 것 같아요."

"그럼 비는 타임에 틈틈이 가르쳐 줄게. 한 1달 정도면 될 것 같으니까. 속성으로 해야지."

"감사합니다!"

호검과 수정이 이구동성으로 외쳤다.

"하하하. 뭐, 이것도 직원 교육이라면 교육인 거니까 내가 해야 할 일이지. 참, 대신 내가 수업해 주면 수업 내용이 어떤지, 뭐가 더 추가되면 좋겠다거나 그런 것들을 알려주면 좋겠어. 참고 좀 하게. 내가 커리큘럼을 짜긴 했지만, 수강생들의 반응은 예측이 안 되니까 말이야. 수강생들 입장에서 더 배우고 싶은 거라든지 그런 것들을 이야기해 주면, 내 커리큘럼 보강도 되고 좋을 것 같거든."

민석은 일반 수강생들에게 강의를 하기 전에 연습이 필요한 건지도 몰랐다.

어쨌든 수정과 호검에게는 정말 잘된 일이었다. 미리 수업을 들어볼 수 있는 데다가, 단기간에 빨리 가르쳐 주겠다는 것이니 말이다.

"너무 시간이 짧은가? 빨리 배울 수 있지?"

"빨리 배울 수 있습니다!"

"열심히 할게요."

민석의 물음에 호검과 수정은 얼른 답했고, 민석은 만족스럽게 웃었다.

"하하하. 좋아. 당장 내일부터 시작하자. 아, 그리고 디저트 클래스는 먼저 개강하면 될 것 같아. 내 후배 녀석이 다음 주에 개강하겠대. 그 녀석이 보조 강사는 딱히 필요 없다니까, 재료 준비만 좀 해주면 될 거야. 디저트는 제과 제빵 같은 거라서 계량만 해주면 될 거고."

"휴우. 다행이네요."

"호검이는 이 수업도 들어야지. 수정아, 너도 이거 들으려면 들어. 어차피 이태리 코스 요리에서도 간단히 배울 거고 한데, 너도 알아두면 좋잖아. 이태리 디저트 맛있는 거 많아. 특히 여자들이 좋아하지. 티라미수 알지?"

"네, 제가 제일 좋아하는 디저트예요, 그거! 저도 들을게요. 디저트."

수정이 맛있는 티라미수를 떠올리는지 함박웃음을 지으며 얼른 대답했다.

"근데, 호검인 과부하 걸리지 않겠어? 너무 단기간에 많은 거 배우는 거 아니냐고."

"괜찮습니다! 전 빨리 배우고 싶어요!"

"하긴, 호검이 넌, 천재지? 요리천재! 하하하."

호검은 쑥스러운 듯 머리를 긁적였다.

호검과 수정은 이제 걱정이 사라졌고, 오히려 새로운 수업에 대한 기대감이 생겨났다. 둘은 홀가분한 마음으로 사무실을 나와 피자 실습실 청소를 하기 위해 3층으로 내려왔다.

피자 실습실을 청소하면서 수정이 호검에게 말했다.

"진짜 다행이다, 그치? 우리 원장님 정말 좋은 분이신 것 같아."

"맞아. 정말 좋은 분이셔. K호텔 총주방장까지 하셨는데도 거만하지도 않으시고, 이렇게 보조 강사들한테도 신경 많이 써주시니 말이야."

"수강생들한테도 되게 친절하시잖아. 나도 나중에 원장님처럼 강의할 수 있으면 좋겠어."

"아, 너 여기 학원에 오래 있을 거야?"

호검이 인조 대리석 테이블을 행주로 닦으며 수정에게 물었다. 수정은 바닥을 쓸다가 멈추고는 호검을 쳐다보며 대답했다.

"뭐, 아직은 그럴 생각이야. 나중에 어떻게 바뀔지는 나도 모르겠지만. 가르친다는 게 참 보람도 있고, 좋은 것 같아서. 참, K호텔 하니까 생각났는데, 너 2등 한 거 그 메뉴, 언제 뷔페 메뉴에 포함되는 거야?"

"아, 그거? 얼마 전에 레시피 알려주러 다녀오긴 했는데, 언제 메뉴에 포함되는지는 나도 잘 몰라."

"아, 그렇구나. 그래도 레시피 알려주러 갔다 왔으면, 금방 나오겠다. 곧 가봐야지. 호호."

수정의 말에 호검은 빙긋 웃어 보였고, 둘은 다시 청소를 하기 시작했다.

*　　　　*　　　　*

다음 날 K호텔 뷔페.

고급스러운 정장을 입은 한 남자와 그의 비서로 보이는 또 다른 한 남자가 뷔페로 들어섰다. 총지배인은 그들을 알아보고 얼른 다가와서 인사를 건넸다.

"안녕하세요. 어쩐 일로 갑자기 오셨습니까?"

"저 신경 쓰지 마시고 일 보세요. 오늘 신메뉴 출시된 거 맛보러 왔으니까."

"아, 네. 알겠습니다."

정장을 입은 그 남자는 뒷짐을 지고 천천히 뷔페 음식들을 돌아보기 시작했다.

'음, 이건 저번에도 있던 거고. 뭐, 맛은 괜찮았지. 아니, 저 새우 요리는, 내가 맛없다고 했는데, 아직도 그대로 있네?'

그는 그 자리에 꼿꼿이 선 채로 자신의 비서에게 손짓을 해 부르더니 귓속말을 했다. 그러자 비서는 다시 가서 총지배인을 데려왔다.

"내가 이거 맛없다고 빼라고 했는데, 아직도 있네요?"

정장의 남자가 새우 요리 하나를 손가락으로 가리키며 차가운 목소리로 총지배인에게 말했다. 그러자 총지배인은 난감한 표정이 되었지만, 일단 사과부터 했다.

"죄송합니다. 그런데, 새우가 들어간 메뉴는 대부분 인기품목이라서 빼기가 좀……."

"아니, 그래도, 내가 맛이 없다는데! 맛없는 음식 있으면 뷔

펠 전체의 품위가 떨어져요!"

그 남자가 호통을 치자, 총지배인은 사색이 되어 얼른 다른 직원들을 불렀고, 그 새우 요리를 치우도록 시켰다.

총지배인은 우선 소나기는 피하자는 심정으로 일단은 그의 말에 따른 것이다.

"진작 그럴 것이지."

그 남자는 다시 총지배인을 가라고 하더니 다른 메뉴들을 더 둘러보다가 드디어 신메뉴 앞으로 다가섰다.

그는 이번 K호텔 요리 대회에서 입상한 요리들이 쭉 늘어서 있는 걸 보고, 먼저 접시를 들었다.

'근데, 열 가지나 되는데, 뭐부터 먹어보지? 그래, 일단은 상위권부터 먹어봐야지.'

남자는 1, 2, 3등을 한 세 가지 요리인, 오유림의 아스파라거스를 곁들인 바닷가재 페투치네, 강호검의 새우소스 페투치네, 문재석의 양고기 펜네를 접시에 조금씩 담았고, 한쪽에 자리를 잡고 앉아 천천히 맛을 보았다.

그러다 어느 순간, 그의 눈이 휘둥그레졌다.

＊　　　　＊　　　　＊

"으음!"

정장을 입은 남자는 세 가지 음식을 천천히 맛보다가, 갑자기 포크를 빨리 놀리기 시작했다.

곧 접시에 담긴 세 가지 메뉴 중에서 단 한 메뉴만이 싹싹 비워졌다. 그는 다른 음식이 남아 있는데도, 포크를 내려놓고는 함박웃음을 지으며 김 비서에게 말했다.

"그래, 바로 이 맛이야! 김 비서! 내가 지금 다 먹은 거, 이거, 누가 만든 거지? 아까 그 만든 사람 이름도 옆에 적혀 있었던 것 같은데, 이름이 뭐였어?"

"저도 잘……. 제가 가서 다시 보고 오겠습니다!"

"어, 그래. 가서 확인하고, 간 김에 이거 한 접시 더 담아와."

"네, 이사님!"

김 비서는 얼른 신메뉴 코너로 달려갔다.

한편, 총지배인은 이사의 눈치를 살피고 있었는데, 이사는 처음에 뷔페에 등장했을 때 차가운 표정과는 달리 지금은 어린아이처럼 해맑은 웃음을 짓고 있었다.

총지배인은 신메뉴 코너로 달려가는 김 비서를 붙잡고 조용히 물었다.

"김 비서님, 이사님이 뭐 마음에 드는 메뉴 찾으셨대요?"

"네! 표정 보세요. 요 근래 저런 표정 처음 봐요. 이사님 원래 맛있는 거 드시면 기분 좋아지시거든요. 기분 좋으면 비싼 선물도 막 주시는데! 하핫."

김 비서는 비싼 선물을 받을 수 있을지도 모른다는 기대감에 덩달아 기분이 좋아 보였다.

"오, 그래요? 그래서, 이사님 기분 좋게 해드린 그 기막힌 메뉴는 뭐예요?"

총지배인은 아까 그 새우 요리 때문에 이사의 기분이 나빠진 것 같아 걱정하고 있던 차에 희소식이 아닐 수 없었다. 그는 안도하며, 그 구원의 메뉴가 무엇인지 물었다.

"이거요!"

김 비서는 왼손에는 새 접시를 하나 들고, 오른손으로 신메뉴 코너에서 두 번째에 놓여 있는 접시를 가리켰다.

"아! 새우소스 페투치네……!"

김 비서가 가리킨 건 바로 호겸의 새우소스 페투치네였다.

총지배인은 아까 이사가 새우 요리 하나를 메뉴에서 빼라고 해서 일단 빼긴 했는데, 그것을 대체할 만한 요리가 없어 고민하고 있던 차였다.

"다행이다, 다행이야!"

총지배인이 지켜보는 가운데 김 비서는 접시 한가득 새우소스 페투치네를 담았고, 옆에 적힌 만든 이의 이름도 기억해 가려고 반복해서 되뇌었다.

"강호겸 셰프님, 강호겸, 강호겸……."

김 비서는 얼른 이사에게 달려가 그의 테이블에 새우소스 페투치네를 내려놓으면서 말했다.

"강호검 셰프님이 만든 거랍니다. 강호검 셰프님이라고 적혀 있습니다."

"오! 나랑 같은 강씨로군. 역시 강씨들이 요리에 일가견이 있지, 암, 그렇고말고. 하하하. 음, 그럼 김 비서는 가서 연락처 알아 와. 내가 알아 오라고 했다고 그럼 돼. 알겠지?"

"네! 알겠습니다!"

김 비서는 강 이사의 말이 끝나기가 무섭게 호검의 연락처를 알아보러 자리를 떴고, 강 이사는 즉시 포크를 들고 새우소스 페투치네를 먹기 시작했다.

그는 새우소스에 버무려진 페투치네에 잘 구워진 가지와 호박, 통통한 대하를 얹어 한 번에 입에 넣고 맛을 음미했다.

"으음. 기가 막혀! 기가 막힌 맛이야, 정말!"

강 이사는 게 눈 감추듯 호검의 새우소스 페투치네를 먹어 치웠고, 다 먹은 후엔 해맑게 웃으며 배를 두드렸다.

"아, 너무 많이 먹었나? 아니지, 이렇게 맛있는 요리를 먹어 보기 쉽지 않으니까. 그리고, 뭐 멈출 수가 있어야지 말이야. 배부른데, 또 먹고 싶네……."

강 이사는 자신이 다 비운 접시를 물끄러미 바라보며 또 군침을 삼켰다. 그러다가 문득 무슨 생각이 들었는지 총지배인에게 손짓을 했다.

"총지배인! 이리 좀 와봐요!"

총지배인은 잠시 다른 직원들에게 무언가를 알려주고 있었는데, 강 이사의 부름에 얼른 하던 일을 멈추고 그에게로 재빨리 달려왔다.

"네네, 이사님!"

"총지배인, 강호검 셰프의 새우소스 페투치네 먹어봤어요?"

"아, 아뇨. 아직 안 먹어봤습니다."

"아까 내가 맛없다고 했던 그 새우 요리랑 비교가 안 될 정도로 맛있으니까, 한번 먹어봐요. 새우 요리는 그 정도 맛이 나야 새우 요리라고 할 수 있지!"

"네, 먹어보겠습니다."

"내가 빼라고 한 새우 요리 대신 강호검 셰프의 새우소스 페투치네 넣으면 되겠어요. 무슨 말인지 아셨죠?"

"네, 알겠습니다."

요리 대회 입상작들은 신메뉴로 뷔페에 소개되지만, 아직 정식 메뉴가 된 것은 아니었다. 신메뉴로 출시되어도 인기가 없으면 금방 메뉴에서 빠지게 되는 것이다. 강 이사는 호검의 새우소스 페투치네가 너무 맛있으니 인기에 상관없이 무조건 정식 메뉴에 넣으라는 말이었다.

이건 마치 입사하자마자 하루 만에 계약직에서 정규직이

된 셈이니, 실로 대단한 일이었다.

"참, 총지배인, 여기 주방에 자리 있어요? 밑바닥 자리 말고, 셰프 자리 말이에요."

"아뇨. 없는 걸로 알고 있습니다."

"아, 아니다. 괜히 여기다 데려다 놓을 필요는 없지. 음, 가서 일 보세요."

"네, 이사님."

총지배인이 사라지고, 강 이사는 테이블에 앉아 무언가를 골똘히 생각하는 듯했다.

잠시 후, 김 비서가 호검의 연락처를 가지고 의기양양하게 등장했다.

"이사님, 여기, 강호검 셰프님 연락처입니다!"

"오, 잘했어. 김 비서, 김 비서는 시계 안 차?"

"아, 원래 차긴 참니다. 근데 원래 차던 시계의 가죽끈이 좀 삭아서 교체를 해야 할 것 같아서 요즘 못 차고 있습니다."

"아, 그래? 그럼 이거 찰래? 이건 가죽끈도 아니어서 삭을 염려도 없어. 그리고 내가 얼마 차지도 않아서 거의 새거나 다름없어."

강 이사는 한 치의 망설임도 없이 자신의 손목에서 비싸 보이는 고급 메탈 시계를 풀더니 김 비서에게 내밀었다. 그 시계는 유명 브랜드의 1,000만원이 넘는 명품시계였다.

"정말요? 저 주시는 거예요?"

"하하하. 그럼. 난 집에 많이 있어. 나랑 같이 다니는 사람인데, 이 정도는 차줘야지. 자, 차봐."

김 비서의 예상대로 강 이사는 기분이 좋아서 뭔가를 선물로 주고 싶었던 모양이었다.

김 비서는 입이 귀에 걸려서는 강 이사가 건넨 명품 시계를 덥석 받았다.

"감사합니다, 이사님!"

명품시계를 받아 든 김 비서는 얼굴도 모르는 강호검이라는 셰프에게 너무 고마워졌다.

'아, 엄청난 셰프야. 미식가인 우리 이사님 입맛을 단번에 사로잡다니 말이야! 그분이 맨날 우리 이사님 음식을 해주면 얼마나 좋을까?'

강 이사는 평소에는 차갑고 까칠한데, 자신의 입맛에 맞는 맛있는 음식을 먹으면 기분이 굉장히 좋아져서는, 이해심이 하해와 같아지고, 인자한 사람으로 돌변했다. 그 사실을 아는 김 비서는 강 이사만큼이나 호검에 대해 궁금했다.

강 이사는 김 비서에게 시계를 건네주자마자, 호검의 연락처를 다시 쳐다보았다. 그러다가, 자신의 휴대폰을 꺼내 어디론가 전화를 걸었다.

　　　　*　　　　*　　　　*

　　호검과 수정은 오늘부터 민석에게 이태리 코스 요리 수업
을 받기로 했기에, 일찍부터 빠른 손놀림으로 재료 준비를 하
고 있었다.

　　"우리 이거 곧 끝내면 1시간 정도 시간 여유 있지?"

　　"응. 아까 원장님이 빨리 끝내면 그 중간 시간에라도 수업해
주신댔어."

　　"좋았어. 빨리 끝내자."

　　둘은 이제 어느 정도 함께 재료 준비를 하다 보니 손발이
척척 맞았다. 게다가 호검은 어떻게 재료를 다듬거나 잘라야
하는지 한 번만 알려주면 기억력이 좋아서 다음부터는 또 가
르쳐 줄 필요도 없었다.

　　그들은 곧 재료 준비를 끝마쳤고, 얼른 사무실로 올라가 민
석을 불러왔다.

　　잠시 후 민석이 와서 지금 수업이 없는 피자 실습실로 호검
과 수정을 데리고 들어갔다.

　　그는 화이트보드 앞에 서서 수업을 시작했고, 호검과 수정
은 바로 앞에 의자를 놓고 앉아 초롱초롱한 눈망울로 민석을
바라보았다.

　　"자, 오늘은 역시 첫 시간이니까, 이론부터 해볼까? 일단 앞

으로 이태리 코스 요리 수업에서 배울 전체적인 내용들을 알려줄게. 잘 들어봐."

"네!"

"이태리 요리에 대해 공부하려면 이탈리아어를 어느 정도 알아야 해. 적어도 이태리 요리에서 많이 사용하는 단어를 알아야 하니까,『이태리 요리 용어 사전』이란 책이 있거든? 그 책을 사서 보면 도움이 많이 될 거야."

호검과 수정은 노트에 민석이 말한 책 이름을 재빨리 적었다.

"음, 그리고 처음에는 식재료 고르는 법, 식재료 보관법과 주방 조리 기구와 조리법에 대해 알려줄 거고… 와인, 커피에 대해서도 알아야 해. 내가 이건 특강으로 잘 아는 외부 강사를 초빙해서 수업하도록 할게."

민석이 계속해서 말을 이었다.

"기본적인 내용들이 끝나면, 이태리 코스 요리 순서대로 수업이 진행될 건데, 먼저, 안티파스토(전채 요리), 샐러드, 프리모 피아또인 쥬파(수프), 파스타, 피자, 뇨끼, 리조또, 세콘도 피아또인 육류와 생선 요리, 치즈, 돌체(디저트), 커피, 대강 이런 순서로 수업을 할 거야. 파스타랑 피자, 돌체는 따로 아예 클래스가 있으니까 간단하게 넘어갈 거고, 메인 요리인 육류와 생선 요리를 더 많이 실습해 볼 거야."

이태리 요리는 배울 게 참 다양하게 많았다.

치즈라든가 햄 같은 음식은 종류도 다양해서 공부할 양이 많으니 열심히 해야 한다고 민석은 수정과 호검에게 당부했다.

"이거 정말 한 달 만에 마스터하기 쉽지 않을 거야. 그리고 내가 책 여러 권 추천해 줄 테니까 그것도 참고로 봐야 할 거고 말이야. 힘들겠지만, 열심히 해봐."

"네!"

수정과 호검은 자신 있게 대답했다. 그러자 민석은 만족스럽게 고개를 끄덕였다.

"좋아. 음, 그럼 대강 앞으로 배울 내용들 알려줬으니까 본격적으로 시작해 보자고! 외국 요리 하면 프랑스 요리가 되게 유명한데, 사실 프랑스 요리는 대부분 이탈리아에서 시작돼서 프랑스로 넘어간 것들이야……."

첫 시간에는 개괄적인 이론 수업이 진행되었고, 1시간은 후딱 지나갔다. 첫 이태리 코스 요리 수업이 끝나자, 민석은 다시 사무실로 올라갔고, 호검과 수정은 대화를 나눴다.

"와, 이거 내용 장난 아니야. 엄청 공부할 거 많아. 그치?"

"그러게. 우리 이거 한 달 만에 마스터 할 수 있을까?"

아까 민석의 앞에서 자신 있게 대답했던 모습과는 달리 수정은 걱정이 되는 눈치였다.

물론 호검도 예상 외로 방대한 양에 조금은 당황했지만, 그는 회귀하면서 습득력이 좋아진 상태라 그래도 걱정이 되진 않았다. 그는 수정을 다독이며 말했다.

　"할 수 있을 거야. 못하면 또 수업 준비 하면서 알아가면 되지. 그리고 우리 둘이니까 네가 모르는 거 내가 알면 되고, 내가 모르는 거 네가 알면 되잖아. 걱정 마, 수정아."

　수정은 자신을 다독여 주는 듬직한 호검의 모습에 걱정이 사라지는 듯했고, 곧 그녀의 얼굴엔 다시 미소가 피어올랐다.

　"참, 우리 오늘 일 끝나고 서점 갈까? 쇠뿔도 단김에 빼랬다고, 원장님이 말씀해 주신 책 바로 사러 갈래?"

　"좋아. 그러자. 오늘 원장님 일 있으셔서 나 소스 수업 없으니까 바로 같이 가면 돼."

　그날 모든 일을 마치고, 둘은 서점으로 향했다. 서점에 가니 온갖 요리 책들이 호검의 눈길을 사로잡았다.

　"아, 서점 오면 여기 있는 요리 책들 다 쓸어 가고 싶어. 안 그래?"

　"응, 나도 그래. 아, 사고 싶다……."

　둘은 무언가에 홀린 듯 요리 책들을 구경했다.

　호검은 요리 책에서 마음에 드는 레시피를 기억했다가 집에 가서 해볼 요량으로 레시피를 열심히 읽어보았고, 수정은 요리 책들에 실린 완성된 요리 사진들을 보며 '맛있겠다', '예쁘다'를 연발했다. 한참을 구경한 뒤 드디어 둘은 그들의 원래 목적이었던, 민석이 추천해 준『이태리 요리 용어 사전』과 이 태리 요리 책들을 골라 가슴 한가득 안았다.

그런데 호검이 책을 한아름 안고 계산대 쪽으로 걸어가는데, 호검의 주머니에서 휴대폰이 울리기 시작했다. 호검은 책을 가득 들고 있어서 휴대폰을 꺼낼 수가 없었다.

그는 얼른 계산대로 발길을 재촉했고, 계산대에 도착해 책들을 얹어놓은 뒤 주머니에서 휴대폰을 재빨리 꺼냈다.

"휴우, 여보세요."

ㅡ안녕하세요. 강호검 셰프님! 저는 K호텔의 강세훈 이사입니다.

호검은 속으로 이사가 왜 자기한테 연락을 했는지 의아했지만, 일단 인사를 건넸다.

"아, 네. 안녕하세요."

ㅡ저, 다름이 아니라, 강호검 셰프님의 그 새우소스 페투치네 말인데요……

호검은 갑작스러운 K호텔 높은 사람의 연락에 자신이 알려준 레시피에 무슨 문제가 있나 싶어 긴장해서 되물었다.

"네, 그게 왜요? 맛이 이상한가요?"

11. 미식가의 입맛을 사로잡다 II

호검의 물음에 강 이사가 웃으며 이어 말했다.

―아하하. 맛이 이상하게… 좋아서요. 정말 맛있더라고요.

"아, 네. 감사합니다. 전 또 무슨 문제라도 생긴 줄 알고 깜짝 놀랐네요."

호검이 놀란 가슴을 쓸어내리며 말했다.

―그래서 말인데요, 제가 강 셰프님을 한번 뵙고 싶습니다만…….

"저를요? 아, 그리고 전 셰프가 아닌데요. 요리사라고 할 것도 없어서……."

—아니, 요리사가 아니세요? 그럼 더 대단하시네요! 어떻게 요리사도 아니신데 이런 실력을 가지고 계신지, 정말 타고난 천재신가 봐요! 근데 그럼 어디 레스토랑에서 셰프를 맡고 계신 게 아니란 말씀이시죠?

"네, 전 아직 셰프는 아니고, 굳이 말하자면 셰프 지망생 정도예요."

—오히려 잘됐네요!

호검의 말에 강 이사는 더 잘됐다며 기뻐했다.

호검의 옆에서 수정은 누구냐고 속삭이듯 물었고, 호검은 수정에게 입모양으로 K호텔이라고만 대답했다. 그러자 수정은 알아들었다는 듯 손가락으로 동그라미를 그려 보이고는 일단 계산할 호검의 책들을 한쪽으로 치워두었다.

호검도 통화가 조금 길어질 것 같자, 계산대 옆쪽으로 비켜서서 통화를 이어갔다.

"그런데, 절 왜 보자고 하시는 건가요?"

—음, 사실은 제가 강 셰프님의 새우소스 페투치네에 감동을 받았습니다. 정말 어떻게 이런 맛이 있나 싶었다니까요. 감히 새우 요리의 끝판왕이라고 말씀드리고 싶습니다!

강 이사는 호검이 셰프가 아니라는데도 계속해서 호검에게 셰프라고 불렀고, 호검은 다시 한 번 아니라고 하려다가 그냥 그가 편하게 말하는 대로 두었다. 그리고 이어진 강 이사의 극찬에 호검은 민망하기도 하고 쑥스러워 얼굴을 살짝 붉히며 인사를 했다.

"아, 감사합니다. 그 정도는 아닌데, 너무 극찬을 해주시니 몸 둘 바를 모르겠습니다."

─그 정도가 아니라뇨! 그 정도로 대단하십니다. 그리고 제가 좀 미식가거든요. 그래서 압니다, 정말 맛있었습니다. 아, 아무튼 본론으로 들어가서, 저랑 한번 만나주시죠, 강 셰프님! 제가 제안을 드릴 게 있습니다.

"제안요? 무슨 제안이신지 전화로는 알 수 없을까요?"

─유선상으로 말씀드리기는 좀 곤란하고요, 잠깐만 시간을 좀 내주십시오. 지금 시간 어떠십니까?

강 이사는 직접 만나야 설득도 할 수 있고 호검이 제안을 수락할 확률이 높다고 생각해서 굳이 만나서 이야기하겠다고 우겼다.

"지, 지금요?"

호검은 도대체 무슨 제안이기에 당장 만나자고 하는지 궁금했다. 그는 고개를 들어 서점 한쪽에 걸린 시계를 쳐다보았다.

'7시 반이네……. 잠깐 만나볼까? 내 요리를 이렇게 극찬한 사람의 제안이라면 분명히 긍정적인 제안일 확률이 높은데…….'

호검은 마침 오늘 일찍 일도 끝났고, 서점에서 책 사는 것도 이제 계산만 하면 되는지라 그를 만나보기로 했다.

"어디서 만날까요?"

─지금 어디 계세요?

"여기 대양문고예요. K호텔에서 버스로 몇 정거장 안 되는데, 제가 K호텔로 갈까요?"

─아, 대양문고요? 알아요. 제가 그리로 가겠습니다. 음……

강 이사가 잠시 말끝을 흐렸다. 그리고 곧 호검의 귀에 강 이사가 옆에 있는 사람에게 묻는 소리가 수화기 너머로 들려왔다.

─여기서 몇 분 걸리지? 대양문고 가려면?

─넉넉잡아 15분이요.

강 이사는 다시 호검에게 말했다.

─15분 후에 대양문고 정문으로 가겠습니다. 곧 뵙겠습니다!

"네, 이따 뵙겠습니다."

호검이 전화를 끊자, 수정이 무슨 일이냐고 물었다. 호검이 K호텔 이사인데 자길 만나자고 했다니까 수정이 호검을 축하해 주며 호들갑을 떨었다.

"와! K호텔 이사라고? 이건 분명히 호텔에서 널 스카우트해

가려는 걸 거야! 너 잘하면 호텔에 취직하겠다!"

"취직?"

호검은 수정의 말처럼 만약에 정말 호텔 요리부에 취업을 권하면 어떻게 대답해야 하나 고민이 되었다.

'내가 셰프도 아니고, 취업을 시켜줘도 처음엔 허드렛일 시킬 텐데……. 보통 처음 들어가면 재료 손질이나 청소 이런 거 하지 않나? 흠, 그런 거라면 굳이 들어갈 필요가 없는데…….'

수정은 아무튼 호검을 축하해 주고 대양문고를 떠났다. 호검은 일단 자신이 사려 했던 책들을 계산하고 대양문고 앞으로 나갔다.

호검이 쇼핑백에 담긴 책을 들고 이리저리 두리번거리며 강이사를 기다리고 있는데, 저 멀리서 검정색 외제 차 한 대가 다가오더니 그의 앞에 멈춰 섰다. 그리고 뒷좌석 문이 활짝 열리며 30대 초반으로 보이는 한 남자가 튀어나왔다.

"혹시, 강호검 셰프님?"

"네, 맞습니다."

호검이 고개를 끄덕이며 대답하자, 남자는 매우 반갑게 인사를 했다.

"아하하하. 안녕하세요! 강세훈입니다. 여기 제 명함이요."

강 이사는 자신의 명함을 호검에게 건넸고, 호검은 묵례를 하며 그의 명함을 받아 들었다.

강 이사는 호검에게 명함을 건네자마자, 대뜸 호검의 손에 들린, 책이 가득 든 쇼핑백을 빼앗으며 말했다.

"아, 짐 무거우시죠? 여기 타시죠! 어디 조용한 데 가서 얘기합시다!"

얼떨결에 강 이사의 손에 이끌려 호검은 차에 탑승했고, 둘을 태운 차는 어디론가 달리기 시작했다.

'뭐야, 이거 나 납치당하는 건 아니겠지?'

호검은 경계하며 주머니 속의 휴대폰을 만지작거렸다.

강 이사는 목적지로 가는 도중 호검에게 이것저것 궁금한 점을 물어댔다.

"아, 근데 셰프님은 어디서 근무하셨었나요?"

"얼마 전까지에 보쌈집을 했었습니다."

"오, 그럼 한식 셰프님이셨군요! 근데 그 새우소스 페투치네는 굉장히 이태리 음식 같던데요? 아, 퓨전인가? 아무튼, 혼자 공부하신 겁니까?"

"뭐, 네."

호검은 굳이 자세히 요리 학원에서 배우고 있다는 둥 이런 얘기를 할 필요는 없을 것 같아 대충 그렇다고 대답했다.

"대단하시네요! 그럼 지금 사신 이 책들도 다 공부하시려고 사셨나 봐요! 많이도 사셨네요."

강 이사는 호검이 산 책을 가리키며 말했다. 강 이사가 계속해서 이런저런 이야기를 하려 하자, 호검은 일단 용건부터 들어야 할 것 같아 단도직입적으로 물었다.

"그런데, 저를 만나자고 하신 용건은……?"

"아, 도착하면 말씀드리려고 했는데, 뭐, 궁금하실 테니 일단 먼저 말씀드리죠."

강 이사가 침을 꼴깍 삼키더니 다시 말문을 열었다.

"제 전담 셰프가 되어주시지 않겠습니까?"

"네? 전담 셰프요? 그게 뭔가요?"

호검이 의외의 제안에 놀라 되물었다.

"말 그대로입니다. 전담 셰프! 저만을 위해 요리를 해주시면 되는 거죠!"

강 이사가 이렇게 말하는 찰나, 차는 목적지에 다다랐는지 갑자기 멈춰 섰고, 강 이사는 얼른 차에서 내리며 호검에게 말했다.

"다 왔습니다. 자, 들어가서 더 자세한 말씀 나누시죠!"

호검이 차에서 내려 보니 텔레비전에서나 보던 커다란 대문이 그의 눈앞에 보였다. 그리고 저 멀리 으리으리한 저택이 그의 눈에 들어왔다.

'으아, 여긴 어디야? 이 사람 뭐야? 엄청 부자인가 보네. 하긴, 이런 외제 차도 타는데 부자겠지…….'

강 이사는 먼저 대문을 열고 안으로 들어가며 빨리 오라며 호검에게 손짓했다.

어리둥절한 표정의 호검이 주변을 힐끗힐끗 곁눈질하며 강 이사를 따라 안으로 들어가니, 안에는 넓은 정원이 펼쳐져 있었고, 그 끝에는 커다란 저택이 자리하고 있었다.

밤이라 어두운데도 밝은 조명이 곳곳에 켜져 있어 정원이나 집을 구경하는 데는 무리가 없었다.

호검은 저택의 규모와 고급스러움에 놀라 입이 다물어지지 않았다.

'이런 집에는 누가 사나 했는데, 호텔 이사 정도면 이런 데 사는구나……'

강 이사는 호검을 데리고 저택 안으로 들어섰다. 그러자, 정장 차림의 젊은 여자가 강 이사에게 인사를 했다.

"도련님, 오셨어요?"

"어머니는?"

"모임 있으셔서 오늘 늦으신대요."

"아, 그래? 잘됐다. 우리 차랑 다과 좀 내줘. 가시죠, 강 셰프님."

호검은 강 이사가 이끄는 데로 다이닝 룸으로 따라 들어갔고, 둘은 다이닝 룸 한가운데에 놓인 앤틱 식탁에 마주 보고 앉았다.

강 이사는 앉자마자 다시 제안 이야기를 꺼냈다.

"아, 아까 하던 얘기 이어 하죠. 강 셰프님이 제 전담 셰프가 되어주셨으면 좋겠습니다."

"전담 셰프라면 여기 저택에서 일하는 건가요?"

"네, 맞습니다. 뭐, 그런데, 점심이랑 저녁만 해주시면 되고요. 전 원래 아침은 잘 안 먹거든요. 아무튼, 제가 외부에 일이 있는 날도 1달에 절반은 될 거라서, 일은 그리 힘들지 않으실 겁니다."

"아니, 그런데 왜 굳이 전담 셰프를 두시려는 건지……. 게다가 왜 저를?"

호검은 의아해하며 묻자, 강 이사가 빙긋 웃으며 말했다.

"하하. 아까 제가 말씀드렸지 않습니까? 미식가라고요. 제 입맛에 맞는 음식이 별로 없거든요. 그런데, 강 셰프님의 요리가 딱 제 입맛에 맞았습니다. 전 맛있는 음심을 매일 먹고 싶고요. 그러니 강 셰프님께 제안을 드리는 거지요. 마침 어디소속되어 일하시는 셰프도 아니시라니까 더 잘되었구요. 뭐,어디서 일하신다고 하셨어도, 제가 그 월급의 2배를 드린다고할 참이었으니까, 별상관은 없었겠지만요."

강 이사가 차를 호검에게 권하며 간곡히 부탁했다.

"차 드세요. 보수는 넉넉히 드릴 테니, 꼭 제 전담 셰프가되어주셨으면 좋겠습니다!"

호검은 강 이사의 말에 귀가 솔깃했다. 보수도 넉넉히 주는데, 일은 그다지 많지 않을 것 같았다.

강 이사에게만 음식을 해주면 되니까 말이다. 하지만 그가 미식가라 그 입맛을 맞추기 쉽지 않을 것이라는 점과 여기서 일하게 되면 이태리 요리 학원을 다닐 수 없게 된다는 점이 문제였다.

"근데, 그럼 매일 여기 출근해야 하는 건가요?"

"그렇죠. 회사 다니시는 것과 같죠. 대신 일은 그다지 힘들지 않을 겁니다. 아까도 말씀드렸다시피 보수는 넉넉히 드릴 거고요. 아, 보너스도 드립니다! 정말 너무 맛있는 요리를 해주시면 말이에요. 그 새우소스 페투치네처럼요!"

강 이사는 새우소스 페투치네를 언급하면서 또 먹고 싶은지 입맛을 다셨다.

호검은 잠시 차를 마시며 생각에 잠겼다. 강 이사는 호검의 눈빛을 읽으려는 듯 그를 뚫어져라 쳐다보고 있었다. 이윽고, 호검이 결심을 한 듯 입을 열었다.

"아. 제안 감사합니다……."

호검이 더 말을 이어 하려는데, 테이블 위에 올려놓은 강 이사의 휴대폰이 요란스럽게 진동하기 시작했다.

강 이사는 살짝 인상을 찌푸리며 휴대폰을 들었다. 그는 발신자를 보더니 호검에게 잠시 기다리라는 제스처를 하고는 곧바로 전화를 받았다.

"네, 회장님."

호검은 회장이라는 말에 혹시 K호텔 회장님인가 싶어 숨을 죽이고 강 이사의 전화 통화를 들어보았다. 강 이사는 휴대폰 음량을 크게 해두어서 휴대폰 너머에서 말하는 중후한 남자의 목소리가 호검의 귀에도 들렸다.

―지금 어디냐?

"집이에요. 지금 강 셰프님 만나고 있어요."

―근데, 내가 생각해 봤는데 말이야, 강 셰프를 우리 호텔에 취직시키는 게 낫지 않겠니?

호검은 강 이사의 말투가 뭔가 회장과 굉장히 가까운 듯한 느낌을 받았다. 그런데 그때, 강 이사가 조금 흥분해서 휴대폰에 대고 목청을 높이며 말했다.

"아, 아버지! 호텔은 위에 다른 셰프들도 있고, 그래서 마음껏 요리를 못 한단 말이에요. 그리고 난 나한테 딱 맞춤으로 요리해 주는 셰프가 있었으면 좋겠다고 전부터 말씀드렸었고요. 그런 셰프를 지금 찾았는데, 호텔에 두면 아깝다니까요! 내 셰프로 둘 거예요!"

강 이사가 갑자기 회장님을 아버지라고 불렀다. 순간 호검이 깜짝 놀라 눈이 휘둥그레졌다.

'뭐야, K호텔 회장님이 강 이사 아버지라고? 강세훈… K호

텔……? 이 사람이 K호텔 오너 아들?'

*   *   *

호검은 놀라서 침을 꿀꺽 삼켰다. 회장이 강 이사를 엄청 예뻐해서 그런지, 아니면 강 이사가 막무가내인 성격이어서 그런지 모르겠지만, 둘 사이의 분위기로 보아 회장이 강 이사에게 못 당하는 것 같은 느낌이 들었다.

—효율적인 면에서 말이지. 호텔에 두고, 가끔 네가 와서 따로 요리를 해달라면 되지 않겠어?

"아버지도 참. 어제 다 얘기 끝내놓고 왜 그러세요, 정말! 그럼 어머니한테 말할 거예요!"

강 이사는 조금 짜증스러운 말투로 징징거렸다. 강 이사가 어머니 이야기까지 꺼내자 회장은 강 이사를 달래며 말했다.

—아, 알았다, 알았어. 근데 강 셰프가 하겠다고 하긴 한 것이냐?

"지금 얘기 중이에요. 하실 것 같아요. 그러니까 끊어요, 아버지."

강 이사는 얼른 전화를 끊었고, 옆에서 듣고 있던 호검은 당황했다.

'내가 할 것 같다고? 아직 대답 안 했는데?'

강 이사는 툴툴대며 전화를 끊었지만 금세 다시 표정을 활짝 웃는 얼굴로 바꾸고는 호검에게 말했다.

"그쵸? 해주실 거죠?"

"네? 아, 그게……."

호검은 사실 거절할 생각이었다.

현재로서는 여기에서 보수도 두둑이 받고 편하게 일을 하면 좋겠지만, 미래를 생각하면 이 집에서 한 사람 입맛에 맞게 요리하는 것이 그의 요리 발전에 별로 도움이 될 것 같지 않았기 때문이다.

호검이 머뭇거리자, 강 이사는 아까 회장과의 전화 통화 이야기를 주절주절하기 시작했다.

"아니, 우리 아버지가 말이에요, 우리 아버지가 K호텔 회장님이시거든요? 뭐, 그건 그렇고, 아무튼, 강 셰프님을 제가 전담 셰프로 둘 거라고 했는데도, 자꾸 호텔에 취직을 시키라고 그러시는 거예요! 근데, 설마 강 셰프님도 호텔에 취직하고 싶으신 건 아니죠? 제 전담 해주시는 게 훨씬 수월하고 자유로운데! 그쵸?"

"아, 뭐……."

호검은 뭐라 대답하기 곤란해서 또 말을 얼버무렸다. 하지만 강 이사는 그저 추임새처럼 호검에게 되물은 것이지 그의 대답을 원한 건 아니었다.

그는 호검의 반응은 아랑곳하지 않고 계속해서 수다스럽게 말을 이었다.

"내가 자유로운 걸 좋아하거든요. 사람이 자유롭게 살아야 지! 안 그래요?"

강 이사는 자유로운 사람이었다.

그는 K호텔 회장의 막내아들로 그저 직함만 이사로 있을 뿐 호텔에서 어떤 일을 하는 것은 아니었다. 그가 그나마 관심 있는 것이 요리와 먹는 것이었기에 호텔 뷔페 메뉴들과 호텔에서 서빙되는 음식들을 맛보고 평가를 하고 다니는 것이었다.

K호텔 회장은 K호텔 말고도 다른 여러 호텔의 소유주였는데, 막내아들인 강세훈을 어릴 때부터 특별히 아꼈다.

강세훈이 이미 서른이 넘은 나이였음에도 회장에게는 어린 아들로 보이는지, 회장은 그의 응석을 아직 받아주고 있었다.

그나마 다행인 것은 제멋대로 행동하는 강세훈을 달래는 유일한 방법이 하나 있다는 것이었는데, 그것이 바로 맛있는 음식이었다.

강세훈은 어릴 때부터 어떤 화가 나는 일이 있어도 맛있는 음식만 주면 기분이 금세 풀리곤 했던 것이다.

지금은 그가 미식가가 되어서 그 입맛을 맞추기가 조금 까다로워지긴 했지만 아직 이 방법은 유효했다.

"아, 그래서 제가 여기저기 여행을 많이 다녔거든요? 맛집 많이 돌아다녔죠. 그래서 이렇게 미식가가 됐고요! 그런데 저 같은 미식가의 입맛을 사로잡으셨다는 것 아닙니까, 바로 강 셰프님이 말예요! 하하하하."

강 이사는 어떻게든 호검을 자신의 전담 셰프로 두고 싶어서 칭찬을 마구 해댔다.

호검은 이렇게 원하는 사람 앞에서 바로 거절하기가 미안했지만, 더 있다가는 점점 더 미안해질 것 같아서 얼른 입을 열었다.

"음, 사실 제가 지금 요리 학원에서 보조 강사를 하고 있습니다. 그리고 그 요리 학원에서 요리도 배우고 있고요. 전 셰프가 아닙니다. 아직이요. 그래서 더 배워야 한다고 생각합니다. 부족한 저에게 이런 좋은 제안을 주셨는데 거절해서 정말 죄송합니다."

"으음……."

강 이사의 표정이 일그러졌다. 그는 약간 자존심이 상해 보이는 것도 같았지만, 이내 평정심을 되찾고는 말했다.

"그러니까 요리를 배우고 계셔서 일을 못 하신다는 거죠?"

"네, 게다가 보조 강사 일도 하고 있고요."

"그럼 그 일은 언제 끝나나요?"

"그건 저도 잘 모르겠네요. 배움이란 게 딱히 끝을 알 수 있는 게 아니라서요."

"음, 그럼… 잠시만요."

강 이사는 자리에서 벌떡 일어서더니 다이닝 룸을 천천히 돌기 시작했다. 그는 뭔가를 골똘히 생각하는 듯해 보였다. 호검은 강 이사의 표정이 좋지 않자, 조금 걱정스럽게 눈치를 보며 앉아 있었다.

한 10분쯤 지났을까. 강 이사는 다시 테이블에 앉더니 호검에게 말했다.

"그럼, 제가 백번 양보해서, 일주일에 한 번! 어떻습니까?"

"일주일에 한 번이요?"

"네, 일주일에 한 번 여기 오셔서, 저녁 식사 단 한 번만 해주시는 건, 그 정돈 해주실 수 있죠? 이 제안은 제발 거절하지 않으셨으면 좋겠습니다, 강 셰프님."

"아⋯⋯."

강 이사가 이렇게까지 말하는 건 정말 호검의 요리가 자신의 입맛에 딱 맞았고, 진심으로 그의 요리를 계속 먹고 싶다는 의미였다.

강 이사는 제멋대로인 사람이었지만, 셰프들에게는 친절한 편이었고, 특히 자신의 입맛에 맞는 음식을 만들어주는 셰프에게는 매우 잘해주었다.

그러니 이렇게 호검이 거절하는데도 자신의 욕심을 줄여서

라도 다시 부탁을 하는 것이었다.

호검이 생각해 보니 일주일에 한 번, 한 끼 정도야 가능할 것 같았다. K호텔 오너 아들에게 밉보이면 그것도 좋지 않을 테니, 그는 이 제안은 수락하기로 했다.

'그래, 비싼 재료도 막 쓸 수 있고, 새로운 요리 만드는 연습도 되고, 일주일에 한 번이면 적당해. 게다가 이 기회에 호텔 회장 아들과 친분을 쌓을 수도 있잖아? 좋아, 하자.'

호검이 금방 결심하고는 호검의 대답만을 기다리고 있는 강 이사에게 말했다.

"네, 좋습니다."

"휘우! 감사합니다! 정말 신나네요!"

강 이사가 환호하더니 호검의 손을 덥석 잡고 마구 흔들었다. 꽤 오랫동안 호검의 손을 잡고 흔들던 그가 갑자기 무슨 생각이 난 듯 눈을 크게 뜨고 말했다.

"아, 제안을 수락해 주신 보답으로 와인 하나 선물로 드릴게요!"

강 이사는 원래 기분이 좋으면 선물을 아낌없이 주는 사람이었다. 그는 당장 와인 냉장고에서 화이트와인 하나를 꺼내 호검에게 가져오더니 싱글벙글 웃으며 와인에 대해 설명하기 시작했다.

"이게, 1985년산 샤또 디껨인데요."

"아하하, 샤또…… 디껨……."

와인에 대해서는 거의 모르는 호검은 당연히 처음 들어보는 이름이었지만, 일단 웃으며 들어본 적은 있는 척했다.

"이 샤또 디껨이 맛이 아주 스위트하고 좋아요. 여러 가지 맛이 나는데, 살구 맛도 좀 나는 거 같고, 크림 맛도 좀 나고……. 향은 또 꽃향기가 좀 나거든요. 이건 대부분 사람들 입맛에 잘 맞으니까, 강 셰프님한테도 잘 맞을 거예요. 아, 그리고 이 와인은 과일이나 치즈랑 먹으면 맛있어요."

호검은 강 이사의 설명을 하나도 놓치지 않으려고 귀를 쫑긋 세우고 있었다. 그리고 강 이사의 설명이 끝났을 때 호검의 머릿속에는 샤또 디껨이라는 와인의 정보가 정확히 기억되었다.

'아, 근데, 강 이사님이 미식가인 데다가 이렇게 와인도 잘 알고, 내가 공부를 엄청 해야겠는데?'

이런 생각을 하는 사이 강 이사는 와인을 가져가기 좋게 와인 케이스에 넣어주었다. 강 이사는 호검에게 언제부터 요리를 해줄 수 있는지 물었고, 호검은 다음 주부터 강 이사와 시간을 조율하여 약속을 잡기로 했다.

"아, 그리고 보수는, 한 번 요리해 주시는 데, 최소 30만 원이상씩 드리겠습니다. 제가 30만 원 이상이라고 말씀드리는 것은 가끔 저 말고 손님들이 올 수도 있고, 또 요리가 너무 맛있으면 제가 더 드릴 수도 있어서 그렇습니다. 하하하."

"오, 네. 감사합니다!"

한 번 요리해 주는 데 30만 원이라니! 호검은 이거만 하면 다른 아르바이트는 할 필요도 없겠다는 생각이 들었다. 근데 그럼 한 달 월급은 도대체 얼마를 주려고 했다는 건지, 호검은 상상이 가지 않았다.

"그리고 항상 제 비서가 강 셰프님을 모시러 갈 겁니다. 재료는 어떤 재료든 준비 가능하니, 오시기 전날에 필요한 재료를 알려주시면 모두 준비해 두겠습니다. 뭐, 궁금하신 사항 있으세요?"

"음, 아, 강 이사님의 음식 취향을 좀 알고 싶네요."

"오, 제 취향은, 양식 좋아해요. 요즘은 이태리 레스토랑에 자주 가는 편이구요. 아주 마음에 드는 곳은 없지만요. 음, 그리고 퓨전 음식도 좋아하는 편이고요……. 아, 근데 짠 음식은 별로 안 좋아합니다."

"네, 알겠습니다. 잘 기억해 두겠습니다."

"아, 혹시 저녁 안 드셨으면 뭐라도 드시겠습니까?"

호검은 요리 학원에서 퇴근하기 전에 파스타를 먹긴 했으나 조금 먹어서 배가 출출하긴 했다. 그렇지만, 여기서 강 이사와 함께 저녁을 먹는 것은 부담스러웠다.

"괜찮습니다."

"아, 시간이 벌써 9시가 지났네요. 제가 너무 바쁘신 셰프님을 붙잡아둔 것 같군요."

강 이사는 김 비서에게 호검을 집까지 태워다 주라고 시켰다. 호검은 강 이사에게 인사를 하고 저택을 나왔다. 호검은 김 비서가 운전해 주는 차를 타고 집으로 가면서 왠지 강세훈과 좋은 인연이 될 것 같은 예감이 들었다.

'나쁘지 않아. 셰프들한테 이렇게 잘 대해주다니. 아참, 난 아직 셰프는 아니지. 음, 근데 이태리 레스토랑을 잘 간다면 이태리 코스 요리를 많이 먹었겠지? 타이밍이 딱 맞네!'

마침 호검이 한 달 속성으로 이태리 코스 요리 수업을 받게 되었으니, 와인이며 커피, 치즈 등에 대한 기본 지식을 한 달이면 마스터할 수 있을 것이다. 그리고 실전 요리 연습은 강 이사에게 하면 되니 매우 잘된 일이었다.

인생이 착착 풀려가는 듯하자, 그는 저절로 콧노래가 흘러나왔다.

콧노래를 부르며 창밖 야경을 구경하다 보니 금세 차는 호검의 집 앞에 도착해 있었다. 호검은 김 비서에게 정중히 인사를 하고 집으로 올라갔다.

호검이 현관문을 열고 안으로 들어가자, 정국이 기다렸다는 듯 물었다.

"야! 너 왜 이제 와?"

"아, 갑자기 약속이 생겨서."

"네 손에 든 길쭉한 그건 뭐야? 다른 손에 든 빵빵한 그 쇼핑백은 뭐고?"

"아, 이건 책이고, 이건 와인."

호검이 한 손씩 번갈아 들어 보이며 말했다.

"와인? 웬 와인?"

"1985년산 샤또 디껨, 화이트와인. 맛은 스위트하고 살구 맛과 크림 맛이 나지. 향기는 꽃향기가 나고. 과일이나 치즈랑 먹으면 잘 어울려."

호검이 강 이사에게 들은 정보를 그대로 정국에게 읊자, 정국이 눈이 휘둥그레졌다.

"와, 너 뭐냐! 이제 와인까지 꿰고 있는 거야? 사, 사또 뭐? 사또랑 이방 할 때 그 사또야?"

"사또가 아니고 샤또, 샤또 디껨."

"암튼, 그거 어디서 났어?"

"이거? 아, 일단 뭐부터 좀 먹자."

"너 저녁 안 먹었어?"

"먹었는데, 너무 조금 먹었나 봐."

호검이 와인을 아일랜드 식탁에 올려놓고는 냉장고를 열었다. 그러자 정국이 말했다.

"너 뭐 해 먹을 거야? 귀찮으면 거기 내가 가져온 호밀빵 샌드위치 있는데, 그거 먹을래?"

"오, 좋아!"

호검은 샌드위치를 가져와서 아일랜드 식탁에 자리를 잡고
앉았다. 정국도 방으로 들어가지 않고 호검의 맞은편에 앉아
서 호검이 가져온 와인을 이리저리 훑어보고 있었다.

"이거, 진짜 어디서 났어?"

호검이 샌드위치를 먹으면서 정국에게 강 이사를 만나고
온 이야기를 전했다. 정국은 연신 대박을 외치며 호검의 이야
기를 들었고, 다 듣고 난 후에는 축하 인사를 건넸다.

"야, 이 자식, 올해 초에 힘든 일 많더니, 말에는 일이 잘 풀
리는구나! 잘됐다, 잘됐어! 이렇게 친구도 공짜로 살게 해주고
그러니까 복받는 건가 보다. 하하하."

"그럼 네가 복덩어리인 건가? 하하하."

"이렇게 기쁜 날 이 와인 따야 하는 거 아냐?"

"오! 그런가? 딸까?"

호검이 와인 케이스에서 와인을 꺼내며 말했다. 그런데 갑
자기 정국이 무언가가 생각난 듯 자리에서 벌떡 일어나더니
호검에게 말했다.

"잠깐 기다려 봐!"

그러더니 정국은 곧장 자기 방으로 달려갔고, 잠시 후 갑자
기 방에서 정국의 비명인지 탄성인지 알 수 없는 고함 소리가

들려왔다.

"우와악!"

"뭐야? 왜 그래?"

정국의 고함 소리에 호검이 깜짝 놀라서 정국의 방으로 후다닥 달려갔다.

*   *   *

"그, 그 와인 이름이… 이거 맞아?"

정국이 인터넷에서 와인 이름을 쳐봤는지 컴퓨터 화면에 호검이 가져온 와인과 똑같이 생긴 와인이 떠 있었다.

"샤또 디껨… 1985년산. 맞네? 근데 왜 소리는 지르고 그래?"

"야, 여기봐! 저거 한 병에 100만 원이 넘어!"

"뭐, 뭐라고?"

호검이 눈을 끔뻑이며 인터넷 화면 아래에 나와 있는 가격 정보를 확인하더니 정국처럼 소리를 질렀다.

"와! 아니, 저거도 그냥 술인데, 와, 진짜 비싸네!"

10만 원대도 엄청 비싸다고 생각되는데, 100만 원대라니!

호검은 보통 요리에 쓰이는 만 원 안팎의 와인을 사거나, 마시려고 산 와인도 2, 3만 원을 넘지 않았다.

"야, 난 저렇게 비싼 거 못 먹어. 소주잔에다가 따라도 그 한 잔이 몇만 원은 하겠다. 휴우, 확인도 안 하고 땄으면 큰일 날 뻔했네! 일단 고이 모셔놔."

정국은 손사래를 치며 확고한 거부 의사를 표시했다. 호검은 컴퓨터 화면에 뜬 가격을 뚫어져라 보며 그저 감탄만 하고 있었다.

"역시 그런 사람들은 통도 크구나……."

"야, 친하게 지내. 좋은 사람이다. 저런 비싼 걸 막 선물로 주고 말이야. 크크큭."

정국이 장난스럽게 말했다. 둘은 이 비싼 와인은 우선 고이 모셔두기로 했다. 호검은 100만 원이 넘는 값비싼 와인님을 매우 조심스럽게 들어 아일랜드 식탁 아래 수납공간에 넣어두었다.

'나중에 정말 기쁜 일이나 축하할 일이 있을 때 따야지. 좋아, 샤또 디껨! 내가 널 마실 일을 만들어주마!'

호검은 저 비싼 와인을 딸 수 있을 정도로 기쁜 일이 생기길 희망했고, 또 그럴 일을 자신이 만들어 나가리라 다짐했다.

12. 일취월장

다음 날부터 호검과 수정의 본격적인 이태리 코스 요리 수업이 시작되었다. 호검과 수정은 재료 준비를 최대한 빨리 끝내서 수업받을 시간을 만들었다.

이태리 코스 요리 수업 교재는 다음 주에 제본되어 나올 예정이었기에 민석은 간단한 프린트물을 나눠주었다.

"오늘 수업은 안티파스토 즉 전채 요리에 대해 하겠습니다. 식전에 입맛을 돋우는 역할을 하는 에피타이저 같은 거죠."

민석은 본격적인 수업에 들어가자, 실전 연습을 하는 것인지 존댓말로 설명을 시작했다.

"이태리에서 잘 먹는 안티파스토는 멜론에 프로슈토를 얹은 건데, 이건 간단하니까 바로 해 먹어보죠."

프로슈토는 미국에서는 햄이라고 하고, 스페인에서는 하몽, 프랑스에서는 잠포네라고 불리는 돼지고기 가공육을 말하는 것이었다. 민석이 먼저 프로슈토를 보여주며 말했다.

"이건 프로슈토 크루도(Prosciutto crudo)예요. 이탈리아 파르마 지방에서 생산되는 가장 유명한 이탈리아 햄이죠. 돼지 뒷다리나 엉덩이 살을 소금으로 절여서 건조시킨 햄을 프로슈토라고 하는데, 크루도라고 하면 날것으로 만든 것이고, 프로슈토 꼬또(Prosciutto cotto)라고 하면 익힌 고기로 만든 것이에요. 국내에서는 이렇게 얇게 썰어서 포장되어 판매되는데, 외국 식재료 파는 곳에서 살 수 있죠. 300g에 만 원 정도하니 그렇게 비싸진 않아요. 멜론은 알죠?"

호검과 수정은 고개를 끄덕였고, 민석은 그 자리에서 수정과 호검이 준비해 둔 멜론을 초승달 모양으로 잘라, 그 위에 얇은 프로슈토 햄을 얹었다.

"자, 참 쉽죠? 쉬운데 맛은 좋아요. 먹어봅시다."

호검은 프로슈토를 책에서 식재료로 설명되어 있는 것만 보았고, 한 번도 먹어본 적이 없었다. 솔직히 그의 생각으론 이 생햄과 멜론이 그다지 어울릴 것 같지 않았다.

'뭔가 비리지 않을까?'

살짝 걱정을 하며 그는 프로슈토가 얹어진 멜론 한 조각을 입에 넣었다. 수정은 먹어본 적이 있는지 별 망설임 없이 멜론 프로슈토를 입에 넣었다.

"와, 이거 정말 단짠의 기본이네요!"

"단짠?"

"단맛과 짠맛이 번갈아 나는 거요."

"아, 단맛, 짠맛! 맞아, 명확한 단짠이지. 하하하."

호검이 멜론프로슈토를 입에 넣자마자 감탄하며 말했다. 프로슈토는 원래 염장한 고기이니 짠맛이 강했고, 멜론은 당연히 달았다. 프로슈토의 짠맛은 단맛을 배가시켜 주면서도 단맛을 억제해 주는 묘한 느낌이었다. 게다가 고기의 숙성된 특유의 향과 멜론의 향이 의외로 잘 어울리는 조합이었다.

"이게 은근 중독성이 있어."

민석이 멜론프로슈토를 하나 더 입에 쏙 집어넣으며 말했다. 이어 민석은 또 다른 안티파스토인 브루스케타 요리를 가르쳐 주었다. 아무래도 속성으로 배우는 거라 민석은 요리 실습을 시키면서 동시에 설명을 계속했다.

"브루스케타는 구운 바게트빵 위에 치즈, 과일, 야채, 소스 등을 얹어 먹는 음식인데요, 빵에 올리는 것을 다양하게 해서 수십, 수백 가지 브루스케타를 만들 수 있어요. 자, 먼저 가장 기본적인 이탈리아에서 가장 많이 쓰는 재료들로 하나 만들어보죠. 자, 올리브 오일 두른 팬에 바게트는 잘 굽고 있죠?"

"네!"

"앞뒤로 노릇하게 잘 구우세요. 다 구워지면 한쪽 면에 마늘을 문질러 마늘 향을 내줍니다. 이탈리아 사람들이 우리나라 사람들처럼 요리에 마늘을 많이 쓴답니다."

바게트빵이 다 구워지고, 마늘까지 문지르고 나자, 민석은 네모나게 자른 토마토와 생모차렐라 치즈, 올리브 오일, 채 썬 바질, 소금, 후추를 섞어 바게트빵 위에 얹으라고 했다.

"자, 그리고 또 한 가지 더, 발사믹 양파 알죠? 발사믹에 절인 양파예요. 새콤달콤하죠. 발사믹은 파르미지아노 치즈와 잘 어울려요. 이 발사믹 양파를 잘게 썰어서 바게트빵 위에 얹고 그 위에 이렇게 파르미지아노 치즈를 뿌리면 됩니다. 이 것도 엄청 간단하죠?"

이어 민석은 이탈리아의 회 요리인 카르파치오까지 알려주었다. 모두 안티파스토로 제공되는 요리여서 그다지 어려운 과정은 없었는데, 맛은 굉장히 좋았다. 간단하면서도 맛이 좋아 급히 만드는 와인 안주로 딱인 듯싶었다.

수업 말미에 민석은 며칠 후에 외부 강사의 와인 수업이 있을 거라고 알려주었다. 원래 외부 강사 수업은 좀 더 나중에 하려고 했던 것이었는데, 민석이 일이 있어 수업을 못 하는 날이 생겨서 그날 외부 강사 수업을 미리 잡은 것이다. 호겸은

안 그래도 와인 기본 상식이 필요했는데 잘되었다고 쾌재를
불렀다.

＊　　　　＊　　　　＊

며칠 후 와인 수업이 있는 날, 한 남자 강사가 학원에 도착
했다. 그는 여리여리한 몸매에 말끔한 슈트를 입었고, 머리는
올백으로 넘긴 조금은 느끼한 느낌의 남자였다.

"안녕하세요. 이화인입니다."

화인은 부드러운 미소를 띠고 천천히 말을 했다. 호검과 수
정은 그의 이름 또한 와인과 비슷한 화인이라고 하니 살짝 웃
음이 터지려는 것을 참고, 같이 인사를 했다.

"아, 안녕하세요."

"제 이름이 참 와인과 잘 어울리죠? 하하. 사실 어릴 땐, 영
어 수업 시간이 아주 싫었어요. 그 왜, How are you?에 I'm
fine, thank you라고 대답하잖아요? 누가 fine이라고 말할 때
마다 친구들이 절 쳐다봤거든요. 하지만, 지금은 화인이라는
이름이 좋아요. 제가 와인 소믈리에라는 걸 기억하기 좋으니
까요. 그죠?"

수정과 호검의 고개를 끄덕이며 화인의 말에 동의했다. 화
인은 자신의 이름에 만족하는 것 같았다. 또한 와인 소믈리에

라는 것 자체에도 굉장한 자부심이 있어 보였다.

가장 먼저 화인은 자신이 가져온 교재를 나눠주었다. 100페이지 가까이 되는 프린트물이었는데, 호검이 슥 훑어보니 글자가 아주 알차게 빽빽이 들어차 있었다. 게다가 호검이 전혀 모르는 내용들이었다.

'으아, 되게 많다……'

화인은 와인에 대한 내용이 워낙 방대해서 자신이 요약하느라 좀 애를 먹었다고 했다. 그리고 이 내용 설명도 한 시간만으론 아무래도 부족하니 한 번 더 수업 시간을 잡아야 할 것 같다며 수업을 시작했다.

"와인에 대해 이론적인 부분을 설명하기 전에 실생활에 가장 유용한 부분을 알려 드릴게요."

화인은 자신이 가져온 와인을 꺼내 보이며 병에 쓰인 글자들이 의미하는 것을 먼저 설명해 주었다. 그리고 와인 잔에 와인을 따르는 방법이라든지, 와인을 받을 때 잔을 들지 않고 식탁에 그대로 두어야 한다든지 하는 기본적인 것들을 직접 시범을 보이면서 알려주었다.

호검은 처음 듣는 내용들이니 집중해서 그의 설명을 들었다. 호검은 새로운 내용들이니 재미있기도 했고, 또 강 이사와의 만남에서 필요할 것 같기도 하니 더 열심히 수업을 들었다.

와인 수업이 끝나고, 화인이 인사를 하고 실습실을 나가자, 수정이 자리를 정돈하며 호검에게 물었다.

"너 머리 안 아파?"

"왜? 나 머리 안 아픈데?"

"너 지금 파스타, 피자, 그리고 소스야 거의 끝나간다 치지 만……. 아무튼, 소스 수업이랑, 이태리 코스 요리까지 한꺼번에 다 배우는 거잖아. 나 같으면 완전 머리 과부하 걸릴 것 같은데."

"아하하. 사실 이태리 코스 요리에 파스타, 피자, 소스가 들어가 있는 거잖아. 난 오히려 이태리 코스 요리를 배우니까 정리가 되는 느낌이야. 뭔가 산발적으로 퍼즐 조각들이 놓여 있었는데, 그걸 제자리에 일부 맞춰놓은 거지. 그리고 남은 조각들을 찾아서 맞추면, 짜잔 하고 이태리 요리의 큰 퍼즐이 완성될 거야. 멋지지 않니?"

호검은 정말 그렇게 머릿속에서 정리가 되어가고 있었다.

"멋있다……."

"그치? 멋있지?"

"퍼즐이 멋있다는 게 아니라, 그런 생각을 하는 네가 멋있다고."

수정은 잠시 호검을 우러러보는 눈빛으로 바라보더니 이내 얼굴을 붉히며 말했다.

"아, 나 사무실에 좀 올라가 봐야 해."

"어? 어."

그녀는 민망한 듯 얼른 핑계를 대고 자리를 피했다. 호검은 후다닥 나가는 그녀의 뒷모습을 바라보며 흐뭇한 미소를 지었다.

*   *   *

일주일간 이태리 코스 요리 수업 진도는 꽤 빨리 나갔다. 안티파스토 여러 가지, 쥬파 여러 개, 와인 수업에, 메인 요리 몇 가지까지.

그리고 드디어 강 이사에게 첫 요리를 해주는 날이 되었다. 강 이사는 3인분을 준비해 달라고 했고, 호검은 어제 이미 김 비서에게 필요한 재료를 알려주었다.

그는 요리사의 돌을 활용해서 레시피를 짰고, 첫 요리를 선보이는 것인 만큼 만반의 준비를 했다. 그는 집을 나서기 전 칼질 미션쇼 우승으로 받은 주방 조리 도구가 든 007가방과 자신의 가죽 칼 가방을 챙겼다. 혹시나 부족한 조리 도구가 있을까 봐 미리 준비를 해 가려는 것이다.

김 비서가 집 앞에 도착했다는 연락을 받은 호검은 짐을 챙겨 집을 나섰다. 강 이사의 집에 도착하자, 강 이사가 반갑게 그를 맞았다.

"오, 강 셰프님! 어서 와요! 내가 일주일 동안 얼마나 강 셰프님의 요리가 먹고 싶었는지, 아주 기다리느라 혼났습니다. 하하하."

"아, 네. 안녕하세요. 오늘 요리도 새우소스 페투치네처럼 입에 잘 맞으셔야 할 텐데……."

"아하하하. 당연히 맛있을 거라 생각합니다. 그럼 주방으로 가실까요?"

김 비서는 호검의 짐을 주방으로 옮겨주었고, 호검은 주방으로 들어가자마자 손부터 깨끗이 씻고 음식을 만들 준비를 했다.

"음, 저는 나가 있을까요?"

강 이사는 혹시나 호검이 지켜보는 것이 부담스러울까 봐 물었다. 호검은 아무래도 강 이사가 없는 것이 마음이 편했지만, 또 덥석 '네'라고 답하기도 그래서 잘 돌려 말했다.

"음, 볼일 있으시면 보고 오세요. 다 만드는 데 약 1시간 정도 걸릴 겁니다."

강 이사는 호검의 말뜻을 알아듣고는 주방에서 나가며 말했다.

"역시 엄청 빠르시네요! 1시간이면 다 만드신다니! 전 요리 1개 만드는 데 막 2시간씩 걸리는데. 아무튼… 오늘은 저희 어머니와 함께 저녁을 먹을 거고요. 다른 손님도 한 분 더 있어요. 음, 그리고 뭐 필요하신 거 있으면, 여기 비서한테 말하면 준비해 줄 거예요. 그럼 전 나갔다가 1시간 후에 올게요."

강 이사가 어제 그를 맞았던 젊은 여자를 가리키며 말했고, 호검은 웃으며 강 이사에게 묵례를 했다.

"네, 다녀오세요."

강 이사가 나간 뒤 호검은 두 손을 부비며 중얼거렸다.

"자, 이제 시작해 볼까?"

한편, 강 이사는 집 밖으로 나가며 김 비서에게 차를 대기시키라고 연락했다. 강 이사는 차에 타더니, 김 비서에게 말했다.

"모시러 가자. 출발해."

13. 추억의 맛

　강 이사가 주방에서 나간 후 호검은 재빨리 저녁 식사 준비를 시작했다. 그는 이태리 코스 요리를 조금 간소하게 바꿔서 3가지 요리를 준비했다.

　안티파스토로 훈제연어 카르파치오를, 프리모와 세콘도 피아또를 합쳐서 아란치니를 곁들인 안심 스테이크를, 그리고 샐러드로는 리코타 치즈 샐러드를 만들 계획이었다.

　호검은 가장 먼저 리코타 치즈를 만들기 위해 냄비에 우유 1,000㎖를 붓고 가스레인지 불을 켰다. 우유가 끓으려고 하자, 그는 레몬즙과 소금 조금을 넣고 슬쩍 저어서 약불로 10분 정도 끓였다.

그러자 마치 두부를 만드는 것처럼 몽글몽글한 덩어리들이 생겨났는데, 호검은 이것을 조금 식힌 후 면보에 부었다. 호검이 그릇에 대고 면보를 꾹꾹 눌러 짜고 있는 와중에, 박 집사가 주방 앞을 지나다가 호검의 모습을 목격하고는 그에게로 다가왔다.

"뭐, 뭐 하세요?"

박 집사는 뭘 저렇게 짜고 있나 궁금했던 모양이었다.

호검이 면보를 펼쳐 보이며 말을 하려는데, 슬쩍 면보 안을 본 그녀가 중얼거렸다.

"아, 두부 짜시는구나! 만두 같은 거 만드시려고요?"

"아니에요. 이거 두부 아니고 치즈예요."

"네? 치즈요? 무슨 치즌데요? 완전 두부 같은데……?"

"방금 우유로 만든 신선한 리코타 치즈예요."

호검이 바로 옆에 껍데기만 남은 빈 우유 팩을 고갯짓으로 가리키며 말했다.

"치즈를 직접 만드셨다고요?"

"네. 하하하."

박 집사의 눈이 휘둥그레졌다. 치즈는 숙성시키고 그렇게 만드는 것이 아니었던가. 그런데 지금 방금 우유로 치즈를 만들어냈다니.

호검은 놀라워하는 그녀에게 빙긋 웃어 보였고, 곧 면보를 펼쳐서 물기를 다 짜고 남은 치즈를 그릇에 담았다.

"조금 드셔보실래요?"

박 집사가 신기한 눈빛으로 계속 리코타 치즈를 쳐다보고 있자, 호검이 숟가락으로 치즈를 한술 떠서 그녀에게 내밀며 말했다. 그녀는 기다렸다는 듯이 호검이 내민 숟가락을 얼른 받아 입으로 가져갔다. 조심스럽게 입에 넣고 맛을 본 그녀는 활짝 웃으며 말했다.

"오오. 이거 정말 치즈네요! 근데 정말 부드럽네요. 와, 신기하다! 도련님이 그렇게 대단한 셰프님이라고 노래를 부르신 게 거짓말이 아니었네요. 대단한 셰프님이시구나! 막 치즈도 만들어내시고!"

"아, 이건 별거 아니에요. 제가 대단해서 만든 게 아니고, 그냥 배우면 누구든 할 수 있는 거예요."

"와, 겸손하시다고 들었는데 그것도 사실이었네요! 호호호."

"아니, 겸손이 아니라……."

호검이 쑥스러워하는 것 같자, 박 집사는 얼른 자리를 피해 주었다.

"어머, 빨리 요리하셔야 하는데, 제가 너무 말을 많이 했네요. 혹시 뭐 필요한 거 있으세요?"

"아뇨. 아직은 없습니다. 아, 블루베리가 어디 있는지 아시나요?"

"블루베리요? 음, 아주머니!"

박 집사는 주방 일을 봐주는 아주머니에게 물어 블루베리를 찾아 주었고, 호검은 곧바로 리코타 치즈 샐러드에 뿌릴 블루베리 드레싱 만들기에 돌입했다.

호검은 식어도 상관없는 것이나 혹은 만드는 시간이 오래 걸리는 것들을 먼저 만들고 조리되는 사이사이 빈 시간에 다른 요리를 만드는 식으로 요리를 했다. 이렇게 요리를 하면 시간이 적게 걸렸다. 하지만 이것도 머릿속에 완벽한 레시피가 자리하고 있어야 가능한 일이었다.

호검은 머릿속에 각 요리의 레시피가 완벽히 기억되어 있을 뿐 아니라 서로 간의 조리 시간이 어떻게 맞물리게 될지도 다 계산되어 있었다.

그는 차근차근 계산대로 움직였다. 블루베리 드레싱을 다 만들고 나자, 호검은 사과를 곁들인 훈제연어 카르파치오를 순식간에 만들어두었고, 이제 아란치니를 만들 차례였다.

아란치니란 이탈리아어로 '작은 오렌지'란 뜻인데, 이태리 주먹밥을 튀긴 요리였다. 완성된 모양이 동그랗고 노란색을 띠기 때문에 작은 오렌지 같다고 해서 아란치니란 이름이 붙은 것이다. 보통 아란치니는 토마토소스로 만든 리조또 안에 치즈를 넣어 튀기지만, 호검은 이번에 게살을 넣은 샤프란 리조

또로 아란치니를 만들 생각이었다.

호검은 샤프란 꽃술 몇 가닥을 조심스럽게 꺼내 미지근한 물에 넣어두었다.

샤프란은 세계에서 가장 비싼 향신료로, 건조시킨 크로키스 꽃의 암술대를 말하는데, 독특한 향과 단맛, 쓴맛을 낸다. 그리고 샤프란 꽃술 몇 가닥만 넣어도 음식이 아름다운 노란 빛깔을 띠게 된다. 호검은 이 샤프란의 노란 빛깔을 이용해 정말 겉과 속이 모두 오렌지 같은 아란치니를 만들려는 것이었다.

'이게 그램당으로 치면 트러플보다 더 비싸댔는데! 맘껏 쓸 수 있어서 좋다! 아, 그래도 맘껏 쓰면 향이 너무 강해질 테니 적당히 써야지…….'

호검은 샤프란 향신료를 파스타 클래스에서 한번 써본 적이 있었지만, 개인적으로 사서 써보진 못했는데, 이번에 마침 써볼 수 있게 되어 신이 나 있었다.

호검은 아란치니를 다 튀겨내고 소스를 몇 가지 만든 후, 요리의 막바지에 안심 스테이크를 굽기 시작했다.

'한우 안심! 와, 비싸다…….'

한 덩어리에 몇만 원씩 하는 최고급 한우 안심이었다. 호검은 소금과 후추로 간해서 안심을 팬에 구웠는데, 맛있는 고기 냄새가 온 주방에 진동했다. 호검은 냄새로라도 좀 먹어볼까 싶어 맛있는 고기 향을 맘껏 맡았다.

안심과 함께 양송이버섯도 굽고 있는데, 때마침 강 이사가 돌아왔다. 그는 60대로 보이는 한 여자와 함께 주방으로 들어왔다.

"오, 냄새 좋네요! 스테이큰가요?"

"네, 마침 때맞춰 오셨네요. 거의 다 됐습니다. 이 스테이크만 구우면 돼요. 아, 안녕하세요. 제가 요리 중이라서… 양해 부탁드립니다."

호검은 두 사람에게 고개 숙여 인사했다. 그의 한 손은 여전히 팬을 잡고, 다른 한 손은 집게로 고기를 굽고 있었다.

"아, 우리 엄마예요."

"안녕하세요. 우리 아들한테 말씀 많이 들었어요. 아주 대단하시다고요. 호호호."

"아, 미인이시네요, 사모님. 뵙게 되어 영광입니다."

"지금 강 셰프님 바쁘시니까, 이따 정식으로 소개해 드릴게요. 여기 세팅된 테이블에 앉을까요?"

"네, 다른 음식들은 모두 준비가 되었어요. 이것만 구우면 됩니다. 저기, 박 집사님?"

호검이 강 이사를 따라 들어온 박 집사를 불러 먼저 완성된 요리들을 서빙해 드리라고 부탁했다. 박 집사는 커다란 접시에 담긴 리코타 치즈 샐러드를 테이블의 한가운데에 놓고,

훈제연어 카르파치오 세 접시를 가져다주었다.

"먼저 그 훈제연어 카르파치오랑 샐러드 드시고 계세요."

"오, 맛있겠네요! 그럼 잘 먹겠습니다!"

"그런데 다른 한 분은……?"

"요 앞이라고 하셨는데, 왜 안 오시지? 뭐, 곧 오실 거예요."

"아, 네. 스테이크는 세 분 다 미디엄으로 해드려도 될까요?"

"네, 적당한 게 좋죠. 셋 다 미디엄으로 해주세요."

호검의 계속해서 안심을 구웠고, 두 사람은 호검의 요리를 맛있게 먹기 시작했다.

"어머, 이거 입에서 살살 녹는다, 녹아! 사과도 상큼하니 연어랑 잘 어울리고. 어머, 이 샐러드 위의 이건 뭐니? 두분가?"

"이거 리코타 치즈라고 하는 건데요, 연두부처럼 부드러운 치즈예요. 오, 이거, 블루베리 소스와 잘 어울리네요! 얼른 드셔보세요."

"맛있네! 너 셰프 잘 골랐다, 얘. 호호호. 하여튼, 맛있는 건 잘 알아."

"그죠, 엄마? 으하하하."

호검은 둘의 긍정적인 반응에 속으로 쾌재를 부르며 스테이크를 구웠다.

'오! 성공이야!'

호검은 안심을 다 굽고 나자, 아란치니와 함께 접시에 담아 테이블로 가져갔고, 그 찰나에 마지막 손님이 주방으로 들어섰다.

"아, 아버지! 왜 이제 오세요! 빨랑빨랑 여기 앉으세요! 얼마나 맛있다고요!"

역시 호검의 추측이 맞았다. 어머니와 식사를 하는데 당연히 아버지도 오시라고 했겠지. 그런데 그 아버지는 바로 K호텔 회장님이다. 호검은 지금까지 이렇게 부자이면서 회장님 같은 높은 사람은 처음 만나는 거라 긴장한 채로 뻣뻣하게 꾸벅 인사를 드렸다.

"안녕하십니까, 회장님."

"오, 자네가 바로 그 강호검 셰프구만."

회장은 손을 내밀어 악수를 청했고, 호검은 두 손으로 공손히 회장의 손을 잡았다.

"우리 세훈이가 너무 졸라서 귀찮게 하지 않았는지 모르겠네. 이 녀석이 아주 맛있는 음식이라면 사족을 못 써서 그런 거니, 이해를 좀 해요. 아무튼, 이렇게 만나게 돼서 반갑네요."

"아닙니다. 강 이사님이 정말 잘 대해주세요. 저도 만나 뵙게 되어 영광입니다."

인사를 마친 회장은 강 이사의 성화에 떠밀려 일단 테이블에 앉아 요리를 먹기 시작했다.

호검은 아무래도 강 이사가 K호텔 회장 아들이니 언젠가는 K호텔 회장을 만나게 되리라 예측하긴 했지만, 사실 이렇게 빨리 K호텔 회장을 만나게 될 줄은 꿈에도 몰랐다. 이런 회장님과 아는 사이인 것만으로도 앞으로 호검이 살아가는 데 큰 힘이 될 것이다.

"어머, 이 노란 동그란 건 뭐예요? 고로케인가?"

강 이사의 어머니가 포크로 아란치니를 톡톡 건드리며 물었다.

"아란치니인데요, 안에 게살 샤프란 리조또가 들어 있습니다."

"샤프란! 그 노란 빛깔을 내는 향신료 말씀이시죠? 빠에야 만들 때 들어가는."

"네, 맞습니다. 안심 스테이크와 함께 곁들여 드시라고 볶음밥 대신 만들어봤습니다."

"아, 이거 근데 보기만 해도 만족스럽네요. 아란치니의 황금빛에다가 요 삼색 소스까지 있으니 너무 예뻐요."

호검은 초록색 바질페스토 소스와 검정색 발사믹 소스, 그리고 붉은색 토마토소스, 이렇게 세 가지 소스로 접시를 꾸며놓았는데, 거기에 노란 아란치니까지 곁들여지니 정말 화려하고 멋진 메인 디시로 보였다.

"감사합니다. 어서 드셔보세요."

호검은 테이블 옆에 서서 조금 긴장한 표정으로 그들의 눈치를 보았다.

강 이사는 안심 스테이크도 맛있고, 아란치니도 너무 맛있다며 극찬을 해댔다.

"이 맛이에요! 내가 먹어본 어떤 스테이크보다도 맛있어요! 소스가 끝내주네요! 그리고 아란치니랑 같이 먹으니까 환상 궁합이네요."

강 이사의 어머니 또한 아까 연어처럼 고기가 입에서 살살 녹는다면서 수다스럽게 칭찬을 했다.

"제 입맛에 딱이에요. 이거 한우 맞죠? 한우가 맛있지. 호호, 아닌가? 소스가 맛있어서 그런가? 바질페스토랑 발사믹 소스 요거 두 개가 합쳐지니까 고소하면서도 새콤달콤, 향긋하니 아주 고기랑 잘 어울리고 맛있어요! 물론 따로따로 하나씩 찍어 먹어도 맛있네요!"

호검은 안도하며 활짝 미소를 지었다. 강 이사의 어머니는 행복한 미소를 짓다가 갑자기 아쉬운 듯 물었다.

"근데 왜 일주일에 한 번만 오시는 건가요, 셰프님? 자주 오시면 좋을 텐데."

"아, 제가 시간이 안 나서요… 하하……."

호검이 멋쩍게 웃으며 대답했고, 강 이사의 어머니는 이해가 간다는 듯 고개를 끄덕였다.

"하긴, 이렇게 맛있게 만드시는데 바쁘시겠다. 뭐, 이렇게 한 번이라도 오실 수 있다는 게 행운이네요. 호호호."

"그렇게 말씀해 주시니 정말 감사합니다."

강 이사와 강 이사의 어머니는 매우 만족스럽다면서 계속 칭찬을 해댔다. 호검이 보아하니 강 이사의 성격은 어머니와 매우 많이 닮은 것 같았다.

반면 강 회장은 아직 아무런 말도 없이 요리를 천천히 음미하며 맛보고 있었다. 강 회장이 너무 아무런 말이 없자, 호검은 속으로 점점 걱정이 되었다.

'표정을 알 수가 없네……. 설마 뭐가 마음에 안 드시나?'

그때, 강 이사도 강 회장의 평가가 궁금한지 강 회장 앞에 얼굴을 들이밀고 대뜸 물었다.

"아버지, 어때요? 맛있죠? 네?"

"가만히 좀 있어봐, 이 녀석아. 먹어보고 있잖아."

"아, 알았어요. 천천히 드세요."

강 이사가 장난스럽게 입을 삐죽대며 강 회장에게 말하더니 곧바로 호검을 향해 작게 속삭였다.

"우리 아버지 원래 되게 천천히 드세요. 맛없어서 그러신 거 아니에요."

"아, 네."

강 이사의 말에 호검은 조금 마음이 놓였다.

그리고 그나마 다행인 것은 강 회장이 아무런 말도 하지 않았지만, 접시는 거의 다 비우고 있었다는 점이다. 강 회장은 훈제연어 카르파치오, 리코타 치즈 샐러드는 이미 다 먹었고, 이어 안심 스테이크와 아란치니도 거의 다 먹어가고 있었다.

잠시 후, 강 회장은 모든 접시를 깨끗이 비우고는 포크를 내려놓았다. 그런데 그의 눈빛은 촉촉해져 있었다. 그는 촉촉한 눈빛으로 호검을 바라보더니, 마침내 입을 열었다.

"이거, 어디서 배운 요립니까?"

*   *   *

갑작스러운 강 회장의 물음에 호검은 당황했다.

'엇. 그건 왜 물어보시지? 요리사의 돌이 알려준 건데?'

호검은 그 짧은 순간에 많은 생각이 들었다. 강 회장이 무슨 의도로 그런 질문을 하는 것인지 의아했던 것이다. 요리사의 돌을 아는 건가, 아니면 호검이 K호텔 총주방장이었던 민석에게 이태리 요리를 배워서 그런 느낌을 알아챈 건가, 그럼 뭐라고 답해야 하는가 등등.

호검이 조금 고민하고 있는데, 강 이사가 끼어들어 강 회장에게 물었다.

"왜요, 아버지?"

강 회장은 끼어든 강 이사를 힐끗 쳐다보고는 다시 호검과 눈을 맞추고 물었다.

"강 셰프는 나이가 어떻게 되죠? 25살이라고 했던가?"

"네. 맞습니다."

"흠, 그럼 그럴 리가 없는데……."

강 회장은 말끝을 흐리며 고개를 갸웃거렸다. 강 이사와 그의 어머니, 그리고 호검은 모두 의아한 눈빛으로 강 회장을 쳐다보고 있었다. 이윽고 강 회장이 이어 말했다.

"강 셰프가 준비한 이 요리들이 누군가를 떠올리게 하네요."

"네? 누구… 를요?"

호검이 되물었다. 옆에 있던 강 이사도 궁금해서 못 참겠다는 듯 강 회장을 다그쳤다.

"아버지, 그게 누군데요?"

강 회장은 강 이사의 재촉은 아랑곳하지 않고, 여전히 눈가가 촉촉이 젖은 채 호검을 바라보며 천천히 말을 이었다.

"내가 옛날에 젊은 시절, 이태리를 여행한 적이 있었어요. 그리고 거기서 훌륭한 셰프 한 분을 만났죠."

"아, 생각났어요! 아버지가 옛날에 딱 한 번 말씀하신 적 있었는데! 근데, 그럼 강 셰프가 그분 솜씨에 비견할 만하다는 말씀이세요?"

강 이사가 눈이 휘둥그레져서는 또 물었다. 강 이사도 들어본 적이 있는 이야기인 듯했다. 그리고 강 이사의 반응으로 볼 때 그 사람이 굉장한 셰프였다고 전해 들은 모양이었다. 호검도 자신의 요리가 누군가의 솜씨와 닮았다는 것에 궁금증이 피어올랐다.

강 회장은 옅은 미소를 띠며 옛날이야기를 꺼내놓기 시작했다.

"내가 이태리를 여행하면서 그분을 만난 건 정말 행운이었지……. 그 당시 난 26살이었는데, 그 셰프님은 나보다 10살이 많았어요. 내가 이태리의 어느 시골 마을을 구경할 때였는데, 마침 배가 고파서 한 작은 레스토랑으로 들어갔죠. 그런데 거기서 일이 생긴 거예요."

"무슨 일이요?"

호검이 강 회장의 말을 경청하다가 불쑥 궁금증에 말이 튀어나왔다.

"내가 막 그 레스토랑에 들어섰는데, 뒤에서 누군가가 따라 들어오더니 내 뒷주머니의 지갑을 확 잡아 빼 간 거예요."

"하아. 소매치기를 당하신 거군요!"

호검이 안타까운 탄식을 하며 살짝 미간을 찌푸렸다. 동시에 그의 머릿속에는 그럼 그 셰프가 공짜로 한 끼 대접했나 하는 생각이 들었다.

"네, 맞아요. 그런데 다행히도 소매치기를 당할 뻔하는 데 그쳤죠. 내가 지갑을 빼가는 느낌을 받아서 뒤를 확 돌아보았는데, 마침 그 소매치기 뒤에서 따라 들어오던 한 이태리 남자가 그 소매치기 팔을 확 꺾었지요. 소매치기의 팔이 꺾이는 바람에 그 손에 들려 있던 내 지갑은 바닥에 떨어졌고, 소매치기는 안 되겠던지 몸부림을 치며 반항했죠."

강 회장은 약간의 몸짓까지 더해가며 그때의 상황을 설명했다.

"그리고 그 소매치기는 어찌어찌 겨우 풀려나더니 잽싸게 줄행랑을 쳤지요. 그 이태리 남자는 바닥에 떨어진 내 지갑을 주워서 툭툭 털더니 나에게 건넸고요."

"와, 다행이네요. 근데 그럼 그 이태리 남자분이, 혹시?"

"맞아요. 그 사람이 바로 내가 들어선 작은 레스토랑의 오너 셰프였던 안토니오 씨였어요. 난 감사 인사를 전했고, 안토니오는 자신의 레스토랑에서 그런 일은 용납 못 한다고 말했죠."

"멋진 분이시네요!"

"그럼요. 참 멋진 분이셨죠. 그는 사실 꽤 유명한 셰프였는데, 일에 쫓겨 살기 싫어서 소소하게 작은 레스토랑을 하고 계신 거였죠. 아무튼, 난 거기서 아직도 잊지 못하는 굉장한 음식을 맛보았어요. 리코타 치즈를 곁들인 안심 스테이크였는데, 바질페스토 소스와 달짝지근한 보랏빛 소스가 뿌려져 있었죠. 그게 내가 안토니오에게서 대접받은 첫 요리였어요. 여기 강 셰프가 만든 이 리코타 치즈 샐러드와 이 안심스테이크는 그때 그 맛과 거의 흡사해요. 전 정말 놀랐습니다! 감동스러운 맛이에요. 그 맛은 다시는 느낄 수 없을 줄 알았는데……."

강 회장은 다시 눈시울이 붉어졌다. 호검은 감사 인사를 전하며 조심스럽게 물었다.

"감사합니다. 그런 분의 솜씨와 닮았다는 평을 해주시니 저도 영광입니다. 그런데, 그 이후엔 어떻게 되었나요? 여행에서 돌아온 후로 그분을 만나지 못하신 거예요?"

"음, 난 그 작은 마을에서 일주일간 머물면서 매일같이 안토니오의 레스토랑에 들렀었어요. 그리고 안토니오와 친해졌지요. 안토니오는 나를 막냇동생처럼 대해주었고, 이것저것 맛있는 요리를 많이 해 주었죠. 난 그래서 헤어질 때 몇 달 뒤에 꼭 다시 오겠노라고 약속을 했었는데, 그 몇 달 뒤엔……."

강 회장은 씁쓸한 표정으로 잠시 말을 멈췄다. 몇 초 후, 마음을 조금 가다듬는 듯싶더니 그가 다시 입을 열었다.

"몇 달 뒤에 갔을 땐 안토니오는 거기 없었어요. 수소문해 보니 그 소매치기 패거리와 또다시 문제가 생겼던 모양이었죠. 그놈들이……. 그래서 난 다시는 그를 만날 수 없게 되어

버린 거죠"

이런 것을 비명횡사라고 했던가. 안토니오는 그들과의 시비 끝에 운이 나쁘게도 죽고 말았던 것이다. 호검은 안타까운 눈빛으로 강 회장을 바라보았다.

강 이사는 이전에 들었던 이야기라 담담해 보였는데, 강 회장의 말이 끝나자 슬쩍 그의 눈치를 보더니 다시 말을 꺼냈다.

"그, 그래서요, 아버지, 정말 강 셰프님의 요리가 그분이 만든 요리 같아요?"

"안토니오는 감각이 뛰어난 셰프라 옆에서 보면 대충 만드는 것 같은데 그 맛이 정말 조화로우면서 훌륭했어. 그 자연스러우면서도 특별한 맛을 오늘 내가 강 셰프의 요리에서 그대로 느꼈어."

강 회장이 강 이사를 쳐다보며 말하더니, 호검에게 악수를 청했다.

"강 셰프, 정말 고마워요. 앞으로도 자주 뵈었으면 좋겠군요! 내가 시간이 자주 나진 않겠지만 말이에요."

"네, 영광입니다."

호검은 강 회장이 내민 손을 두 손으로 잡으며 인사했다.

"강 셰프님이 일주일에 한 번밖에 오지 못하신다는 게 정말 아쉽네요."

"제가 죄송하네요."

강 이사는 정말 아쉬워하는 표정을 지었고, 호검은 미안해했다.

"아, 아니에요. 사실 이렇게 가끔이라도 강 셰프님의 훌륭한 요리를 맛볼 수 있다는 게 정말 행복한 건데, 제가 배가 불렀나 봐요. 하하하."

강 이사는 호탕하게 웃으며 말했다.

이로써 호검의 강 이사에게 대접한 첫 저녁 식사는 화기애애한 분위기 속에 잘 마무리되었고, 강 이사는 남은 요리 재료들이 필요하면 가져가도 된다며 호검에게 비싼 재료들을 챙겨주었다.

"이거 뭐, 저희 집에서 잘 쓰지도 않는 거라, 필요하시면 가져가세요. 아 참, 그리고 이거요. 오늘 정말 최고였어요."

강 이사는 호검에게 봉투를 하나 내밀었다. 봉투는 제법 두툼해 보였다. 호검은 기쁘게 봉투를 받아 들고 강 이사의 저택을 나섰다. 김 비서는 역시 차를 대기 중이었고, 호검은 편히 집으로 돌아왔다. 집에 돌아오자마자. 호검은 기진맥진한 상태로 방에 들어가 침대에 벌러덩 누워 버렸다. 긴장감이 피로감으로 몰려왔다.

"아, 피곤하다."

호검은 잠시 누워 있다가 보수가 궁금해졌다. 그는 강 이사에게서 받은 두툼한 봉투를 꺼내 안을 슬쩍 들춰보았다.

"훠우! 뭐가 이리 많아?"

현금으로 100만 원. 호검의 예상을 뛰어넘는 보수에 그는 저절로 환호와 웃음이 터져 나왔다. 그때 마침 화장실에서 나오던 정국이 호검의 환호 소리에 그의 방으로 달려왔다.

"뭐야? 뭐 좋은 일 있어?"

"응, 우리 치맥 할래?"

"좋지! 네가 쏘는 거냐?"

"오케이! 내가 오늘 1인 1닭 쏜다!"

호검은 정국과 치킨 2마리를 시켜 먹으며 호검은 오늘 강이사의 집에서 있었던 일을 이야기 했고, 밤늦도록 그들의 수다는 계속되었다.

*   *   *

며칠 후, 외부 강사를 초빙해 진행되는 돌체(Dolce) 클래스가 개강했다. 돌체는 이탈리아 말로 디저트라는 뜻인데, 이번 돌체 클래스는 호검뿐만 아니라, 수정도 함께 들었다. 첫 수업에서 실습한 디저트는 이탈리아 디저트로 가장 유명한 티라미수와 판나코타였다.

수정은 티라미수를 좋아했기에 엄청 들떠 있었다. 그녀는 티라미수를 만들 케이크 판을 보며 오늘 만들 티라미수의 크기를 손으로 가늠해 보았다.

"와, 이거 우리 오늘 이만한 거 만드는 거야? 신난다! 두고두고 먹어야지. 아니, 너무 맛있어서 한 번에 다 먹으려나? 호호호."

호검은 티라미수를 만들 생각에 좋아하는 그녀의 모습을 귀엽다는 듯 웃으며 바라보았다.

"내가 만든 거도 너 줄까?"

"정말? 정말? 음, 아냐, 너도 맛을 봐야지."

"어차피 집에 가서 연습 삼아 또 만들 건데, 뭐. 조금 맛만 보고 너 다 줄게."

"그럼 난 너무 좋지. 호호호."

수정은 커다란 티라미수가 2판이나 생긴다는 생각에 더욱 기뻐했다.

잠시 후, 외부에서 초빙한 강사가 도착했고, 곧 수업이 시작되었다.

"안녕하세요. 오늘부터 돌체 클래스 수업을 맡게 된 파티시에 박석구입니다."

박석구는 최민석이 K호텔에서 근무하는 지인에게 소개받은 파티시에였다. 그는 큰 규모의 레스토랑에서 파티시에를 맡고 있었다.

그는 수강생들에게 인사를 하고 별 잡담 없이 곧바로 수업을 시작했다.

"오늘 배워볼 이탈리아 돌체는 티라미수(Tiramisu)와 판나코타(Panna cotta)입니다. 티라미수는 티라레(tirare)와 미(mi), 수(su)가 합쳐진 이태리어인데요, '티라레'는 '끌어 올린다'는 뜻이고, '미'는 '나', '수'는 '위로'라는 뜻입니다. 그러니까 '나를 위로 끌어 올린다', 즉, '기분이 좋아진다'라는 뜻이죠. 이걸 먹으면 기분이 좋아질 정도로 맛있다 이런 뜻이겠죠?"

박석구의 설명에 호검은 아까 좋아하던 수정의 모습이 생각나서 그녀를 쳐다보았는데, 역시 수정은 매우 공감한다는 듯고개를 끄덕이고 있었다.

"티라미수는 많이들 드셔보셨을 거예요. 그런데 필라델피아 크림치즈로 만든 것들도 있는데, 사실 티라미수는 마스카포네라는 크림치즈를 사용해야 정석입니다. 오늘은 마스카포네를 사용한 정통 티라미수를 만들어볼 거예요. 그리고 다음으로, 판나코타(Panna cotta)는 크림을 익혔다는 뜻인데요, 'panna'가 '크림'을 뜻하고, 'cotta'가 '익혔다'라는 뜻이죠. 판나코타는 우유로 만든 이탈리아 푸딩이라고 생각하시면 돼요."

간단한 설명이 끝나고 이제 실습으로 들어갔다. 먼저 티라미수에 필요한 사보이아르디(Savoiardi)라는 손가락 모양의 쿠키를 구운 후, 마스카포네를 주재료로 한 크림을 만든다. 사보이아르디에는 에스프레소 커피 물을 촉촉하게 발라 바닥에 깔고 그 위에 마스카포네로 만든 크림을 올린다. 그리고 다시 커피물에 적힌 사보이아르디를 한 번 더 깔고, 그 위에 마스카포네 크림을 얹고, 마지막으로 그 위에 코코아 가루를 뿌리면 완성된다.

"자, 그럼 다들 제 거로 시식해 보죠."

티라미수가 완성되자, 석구는 자신의 티라미수를 먹어보라고 수강생들을 가운데 테이블로 불러 모았다. 돌체 클래스에는 호검과 수정을 포함해 8명의 수강생이 있었는데, 다들 30대 이하의 젊은 사람들이었다. 그들은 가운데 테이블로 다가와 티라미수를 맛보기 시작했다.

"엇. 이거 제가 먹어본 티라미수랑 맛이 다른데요?"

"그렇다면 아마도 그건 필라델피아 크림치즈로 만든 거였겠죠? 맛은 어떤 게 더 나은가요?"

"전 이게 더 좋네요. 사실 전 티라미수가 좀 부드러운 크림치즈 케이크에 약간의 커피와 코코아 가루 뿌린 것 같은 맛이라고 생각했는데, 이건 뭔가 바닐라 아이스크림 같은 크림에 코코아 가루를 뿌린 맛이네요! 그리고 크림이 훨씬 부드럽네요!"

일부 수강생들은 시중에서 마스카포네 치즈로 만든 티라미수를 먹어보긴 했었는데, 이게 더 맛있다고 평가했다. 호검은

단 음식을 그다지 좋아하지 않았는데도, 티라미수는 커피 맛
이 함께 나서 그런지 꽤 맛있게 먹었다.

수정은 말할 것도 없이 행복한 미소를 가득 머금고 신이 나
서 티라미수를 맛보았는데, 그녀는 그 이후로 돌체 클래스에
서 배운 디저트를 맛볼 때마다 대부분 이런 행복한 미소를 지
었다.

*   *   *

8주 과정의 돌체 클래스가 거의 끝나갈 때쯤이 되자, 호검
은 거의 모든 이태리 요리를 섭렵한 상태가 되었다. 파스타 클
래스, 피자 클래스는 모두 마쳤고, 현재는 복습 차원에서 이태
리 코스 요리 클래스를 듣고 있었다. 호검은 학원에서 배우는
것만 공부하는 것이 아니라 스스로 책도 많이 찾아보고 집에
서 연습도 해보았기에 이제 이태리 요리에 대한 자신감이 꽤
많이 생겼다.

물론 그는 계속해서 일주일에 한 번씩 강 이사의 집에 방문
해 저녁을 해 주고 있었는데, 강 이사에게 저녁 식사를 해 주
는 것은 돈도 벌고, 요리 연습도 되는 데다가 꽤 다양한 사람
들을 만날 수 있어 일석삼조였다.

그러던 어느 날, 갑자기 민석이 재료 준비 중이던 호검과 수

정을 호출했다. 호검과 수정이 하던 일을 멈추고 사무실로 들어서자, 민석이 물었다.

"둘 다 이번 일요일에 별일 없지?"

"네, 전 별일 없어요."

수정이 대답하자, 민석은 바로 호검에게 다시 물었다.

"그래, 좋아. 수정인 별일 없고, 호검이 넌?"

그런데 호검은 마침 그날 강 이사에게 저녁을 해 주러 가는 날이었다.

"아, 전 그날 일이 있어요."

"으아, 무슨 일인데? 취소 안 되는 일이야? 그날, 네가 필요한데!"

민석은 그날 무슨 일이 있는지 호검과 수정이 필요한 모양이었다. 호검은 강 이사와의 약속을 깰 수도 없고 난감해졌다.

『탑 레시피가 보여』 3권에 계속…

초대형 24시 만화방

신간 100%, 샤워실, 흡연실, 수면실(침대석), 커플석, 세탁기 완비

▪ 시흥 정왕25시점 ▪

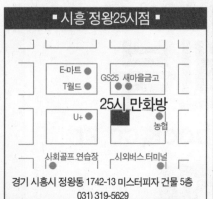

경기 시흥시 정왕동 1742-13 미스터피자 건물 5층
031) 319-5629

▪ 강북 노원역점 ▪

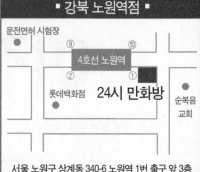

서울 노원구 상계동 340-6 노원역 1번 출구 앞 3층
02) 951-8324 (화용빌딩 3층)

▪ 일산 정발산역점 ▪

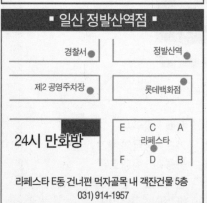

라페스타 E동 건너편 먹자골목 내 객잔건물 5층
031) 914-1957

▪ 일산 화정역점 ▪

경기도 고양시 덕양구 화정동 984번지 서일빌딩 7층
031) 979-4874 (서일사우나 건물 7층)

▪ 부천 역곡역점 ▪

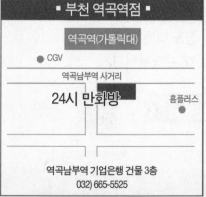

역곡남부역 기업은행 건물 3층
032) 665-5525

▪ 부평역점 ▪

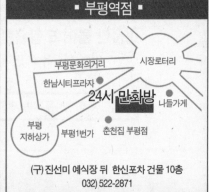

(구) 진선미 예식장 뒤 한신포차 건물 10층
032) 522-2871

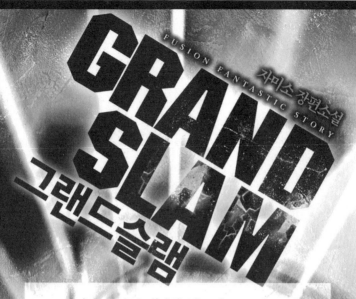

FUSION FANTASTIC STORY

자미소 장편소설

GRAND SLAM
그랜드슬램

2016년의 대미를 장식할 최고의 스포츠 소설!!

Career record : 984W 26L
Career titles : 95
Highest ranking : No.1(387weeks)
Grand Slam Singles results : 23W
Paralympic medal record : Singles Gold(2012, 2016)

약 십 년여를 세계 최고로 군림한 천재 테니스 선수.
경기 내내 그의 몸을 지탱하고 있는 것은…… 휠체어였다.

『그랜드슬램』

휠체어 테니스계의 신, 이영석(32).
그는 정상의 자리에서도 끝없는 갈망에 사로잡혀 있었다.

"걷고 싶다, 뛰고 싶다. …날고 싶다!!"

뛸 수 없던 천재 테니스 선수
그에게, 날개가 달렸다!!!

Book Publishing CHUNGEORAM

유행이 아닌 자유추구
WWW. chungeoram.com

GAME BALL

게임볼 설경구 장편소설
FUSION FANTASTIC STORY

무명의 야구인이었던 남자,
우진이 펼치는 야구 감독으로서의 화려한 일대기!

『게임볼』

"이 멤버로 우승을 시키라고?"

가상 야구 게임,
게임볼을 통해 인생 역전을 꿈꾸는

한 남자의 뜨거운 행보에 주목하라!

Book Publishing CHUNGEORAM

유행이 아닌 자유추구 -
WWW.chungeoram.com

FUSION FANTASTIC STORY

서산화 장편소설

Miracle Direction

기적의 연출

천재 영화감독, 스크린 속 세상을 창조하다!

『기적의 연출』

대문호 신명일과 미모로 손꼽히던 여배우 김희수의 아들 신지호.

일가족은 불운한 사고로 인해 크나큰 비극을 겪는다.

이 사고로 섬광 기억(Flashbulb memory)이라는 능력을 얻게 된 그 순간!

그의 모든 게 달라졌다.

"배우의 혼을 이끌어내고, 관중의 영혼을 붙잡아야 합니다.

그게 제 목표입니다."

완전한 감독을 꿈꾸는 신지호,

이제 그의 영화가, 세상을 홀린다!